擬人化する人間

脱人間主義的文学プログラム

藤井義允

朝日新聞出版

擬人化する人間

——脱人間主義的文学プログラム

はじめに――人間ではない「私」

自分の存在の希薄さを常に感じながら生きてきた。

感情も、感覚も、何もかも。僕の中にあるものは、まるで全て作りもののようではないか。そんな違和感を持って過ごしていた。

しかし厄介なことに、それでも悲しみや怒りや嬉しさというような人間的な感情は確然と存在しており、矛盾する二つの感覚を抱えていた。

つまり「人間」らしさを持った「人間」ではないもの――「人擬《ひともど》き」の感覚が僕にはある。

一般的にイメージされる「人間」とは離れた場所に存在しているような気がしていた。それがどこに起因するのか。長い間、僕は自分自身の個人的な性質からくるものだと思っていた。それゆえその感覚を自分の中に留めてきた。時に「現実」との折り合いがつかず、そのせいで辛い思いをした覚えもある。

だから、そんな、人間ではないが人間らしさを持つ想像力の作品に気持ちを揺さぶられた。

そうした作品を発表している作家が現在では多く出てきている。

そんな作品を読み解きながら、僕自身は多分「自分とは何か」を考えていたのだと思う。どうしようもなく「人間」であるにもかかわらず、どうしようもなく「偽物」である感覚。この二つの往還の中で逡巡《しゅんじゅん》があった。人間を知るために人間が書いた言葉を求めていた。そこに「本物」があるのではないかと思って。

そして様々な表現者たちの言葉に触れるにつれて、実はこれは僕だけの感覚ではないのかもしれないと次第に思うようになった。

近年、あらゆる創作物《フィクション》において「人間ではない存在」というイメージは多くなっている。幽霊、機械、偽物――虚構《フィクション》。

いずれにせよ「本物」ではないもの。現在、僕と同様の感覚を持った表現者たちが徐々に現れ始めているように感じるのだ。

そのような感性が生まれる背景には、もしかしたら僕たちが生きている時代の空気のようなものが関係しているのかもしれない。ディストピア。今、そんな世界が作品の中で多く現れ始めている。今の日本に蔓延《まんえん》するのは「暗い」雰囲気だ。僕たちを押さえつけるような暗いもの。フィクションはそんな雰囲気を反映している。

「ディストピア」はSFで使われる言葉だが、今の社会はまるでそこで描かれるようなものになっている。情報技術を筆頭にテクノロジーが発展し、人間の変質が起きつつある。一般的に技術的発展の先にはシンギュラリティが起きるともてはやされているが、そんなポジティブなものではない。ゆっくりと技術に蝕《むしば》まれていき、人間は進化するのではなく退廃していく。医療技術をはじめとした科学の発展によって、身体機能が衰えてもなお生きながらえることができるようになったが、ある意味でそれはだらだらと生をながらえているイメージでもある。また人間よりもＡＩの方が効率的な生産を行うことができるようになり、人間にとって代わる未来も迫っている。さらに情報技術は我々の内面をかき乱し、感情を煽《あお》ってくる。そんな変質こそが僕が感じるような「人擬き」の「どうしようもない自己像」に繋がっている。主体の喪失。明るい未来像を抱くこともなく、腐っていくように生きていく。機械やゾンビなどに象徴されるような主体が現れてくる。現代の作家たちが描くのはそんな「新しい人間像」だ。

またそれゆえに、紡がれる言葉もどこか躊躇《ためら》いのあるものが多い。主体が喪失する中で、発話主体がいるはずの「言葉」も、この次に何を語ればいいのかという逡巡を覚えながら発せられるものになっていっている。失語的感覚。どこか作家も言葉を探しているように感じる。ただしその模索は非常に困難なもので、足がかりもないような感じを受ける。

現代作家たちはそんな状況に対してレスポンスをするように作品を描く。朝井リョウ、村田沙耶香、平野啓一郎、古川日出男、羽田圭介など。彼ら／彼女らはそんな現代を分析するかのような眼をもって言葉を紡いでいる。どうやって「希望」や「私」、そして「言葉」を取り戻すのか、と問いかけながら。

そんな作家たちの試みは美しい。言葉を使って現状を打破しようとしている姿に胸を打たれる。

ディストピア的状況の中で主体や言葉を喪失した人間たち。そんな「人間」についてもう一度考えたい。

そのヒントが現在のフィクションの状況には隠されていると考える。

様々な表現者たちが自分たちとは違う領分の言葉を紡ぎ始めているのは注目すべき事象だ。お笑い芸人の又吉直樹、アイドルの加藤シゲアキなど。彼らはそれぞれの活動を軸にしながらも、小説の執筆などを行っている。そして「新しい自己」を考えるためのヒントとして、彼らが行うような「マルチな表現性」が一つ挙げられる。

また同様に様々な表現をもって「新しい自己」を表出しているアーティストの一人に米津玄師がいる。彼は歌手としてだけではなく、イラストを描き、アニメーションを自作するなどといった多彩な活動を行っている。そして彼の歌詞には幽霊やアンドロイドといった表象が出てくる。存在感の希薄さ。自分はここにおらず、どこかさまよっているような感覚が彼の言葉の中にはある。「私」とは何者か。それを多様な表現で模索している気がする。彼のようなネット発のアーティストは、そのような自己を表現しているのではないか。

表現を通して「人間性」を取り戻そうとする試み。それも今まで想定されたような「人間」ではなく、あくまで「新しい人間像」を。

希薄な人間性を持ち「人間からかけ離れた存在」でありながら「自分は人間である」という矛盾を抱えたもの。脱人間化された存在。それが今の僕であり、僕たちではないか。その営みを、ナチュラルに現代の表現者たちは体現しつつある。

だからここで僕が行うことも同じだ。自分を探るように言葉を紡いでみよう。

決して作り話でも安易なメタファーでもない。極めて個人的な感覚。それを書き記すのだ。

そのための補助線として他者の言葉を借りてみる。僕自身、自分の言葉の発しづらさを感じているため、他人の言葉を援用していくしかない。輪郭を摑《つか》むために、小説の、詩の、フィクションの言葉と向き合う。自分の言葉などないから、そうするしかないのだ。

だからこれは僕自身を探る営みでもある。僕のものではない、借用した言葉を使って自分を模索してみる作業。だがそんなどうしようもない作業でも、他者の言葉を使うなら、どこかに繫がるものでもあると思う。

目次

装丁　山田和寛＋竹尾天輝子（nipponia）

第一章　「人擬き」の感覚——社会状況論

■虚構の隆盛——九〇年代のフィクション

自分が希薄であるという意識を生み出しているものは何か。そのことを考えるために、まずは過去の状況に目を向けてみたい。

一九九〇年からの日本のフィクションの状況を概観してみよう。

まずは社会的な時勢から。九〇年代の日本は無論、平成の始まりの時期だ。そしてこの時代からどんどん「暗さ」が生まれる情勢になっていくと、多くの論者が語っている。

大澤聡編著『１９９０年代論』はその時代を肌で感じたライターたちによって、それぞれのテーマがアンソロジー形式で紡がれている。様々な議論がなされているが、ここでいくつかの象徴的トピックスを挙げてみる。


【九〇年代】
・五五年体制の崩壊

・バブル崩壊
・地下鉄サリン事件を起こした「オウム真理教」をはじめとする新興宗教の台頭
・阪神淡路大震災
・ゼロ年代に繋がる日本型雇用の衰退
・インターネット黎明《れいめい》期

この事象の列挙を見ても九〇年代はそれほど明るい時代とは言えないと思う。もちろん、『1990年代論』は批評であり、批評（critic）は危機意識とともに語られる言葉が多いために暗くなる。しかしやはりよく言われる「もはや戦後ではない」（経済白書）や「ジャパン・アズ・ナンバーワン」などの言葉が示すような一九五〇年代から一九七〇年代の高度成長期の日本と比べてしまうと、停滞感が否めない。その言葉のもとになった本『ジャパン・アズ・ナンバーワン』の二〇〇四年の新版では、作者のエズラ・F・ヴォーゲル自身も日本の九〇年代を「暗い時代」と述べている。(1)

また平成のそのような「暗さ」については社会学者・吉見俊哉の『平成時代』でも詳細に述べられている。吉見は本書で一九八九年から始まる平成時代の丸ごとを「失敗」の時代として論じている。

一九八九年から二〇一九年までの「平成」の三〇年間は、一言でいえば「失敗の時代」だった。「失われた三〇年」と言ってもいい。この時代には、様々な分野で数多くの「失敗」が繰り返されていったが、それらの「失敗」を数え上げることは容易でも、それら全体がどのように結びついていたのか、私たちはなぜ三〇年も「失敗」の連鎖から抜け出すことができなかったのかを示すことは容易ではない。

（『平成時代』）

本書は経済、政治、社会、文化と縦横無尽に事象を取り出していき、平成という時代の失敗を分析していく。

少し話が迂回するが、ここで書かれているような「暗さ」や「停滞感」は僕自身の肌感覚としても確かにある。一九九一年に生まれ、いわゆる「ゆとり世代」として幼少期を過ごした僕は、周囲からもその教育内容に対して批判をされた記憶が強い。また、ちらと見るニュースでも政治や経済において明るいイメージがなかった。政治自体もどこか遠さを感じていたし、経済もどこにブレイクスルーがあるのかイメージができなかった。

だが平成の文化に関しては「失敗感」が薄い。『平成時代』でも九〇年代の日本の経済がどん底の時に音楽産業が絶頂期を迎え、またアニメやマンガなども社会状況と反比例するように大ヒット作が生み出されていったと述べている。

もう一つ、九〇年代を考えるための軸を取り出してみよう。それは社会学者の見田宗介が、『現代日本の感覚と思想』の中で規定した時代区分である。

彼は戦後の日本社会を「現実」という言葉の三つの反意語を用いて、「理想の時代」、「夢の時代」、「虚構の時代」と区分けした。戦争が終わり政治をはじめとして人々が「理想」を追い求めて過ごした、一九四五年〜六〇年頃までの時代。その後高度経済成長によって消費社会が謳歌《おうか》され一人ひとりの「夢」を追った、一九六〇年〜七〇年代前半までの時代。そして「オイルショック」を端緒とし、ポスト高度経済成長期と言われる理想も夢も失墜した中で情報化社会に突入していき、様々な「虚構」がリアリティを持っていった、一九七〇年代後半以降、という時代区分だ。平成に入る一九九〇年代はその「虚構の時代」にあたる。

ジャン・ボードリヤールによると現代社会は消費社会と情報化社会が織りなす「ハイパーリアル」と呼ばれる虚構のリアリティが突出した時代として規定されている。日本だと一九八三年の東京ディズニーランド（ＴＤＬ）の開園と隆盛はその象徴として記される。空間を閉鎖的にし、外部の環境を見せないようにするＴＤＬは、まさに「虚構」で作られた空間だ。また虚構の時代に区分される八〇年代の新しい人間像を表す言葉として「新人類」や「オタク」が生み出された。この二つの人間像はそれぞれ、記号に対して偏執的なこだわりを持っているものたちだ。やはりここでもポイントとなっているのは「虚構性」である。

つまり九〇年代は社会＝現実が暗くなるとともに、虚構が現実味を帯びていった時代だと考えることができるだろう。オウム真理教が九五年の地下鉄サリン事件によって終焉《しゅうえん》を見せたのは示唆的だ。消費社会によって様々なものが満ち足り、一方で日本のかつてのような華やかな状態とは違う行き場のない社会の中で、精神的な欠乏感を埋める作用として働いたであろう新興宗教の台頭は、まさに虚構の時代の先にあるものとして捉えることができる。またこの時期には「オカルト」や「終末思想」が流行ったのも特筆すべきことだろう。そして時代を象徴する作品として頻繁に挙げられるのが、『新世紀エヴァンゲリオン』である。大災害「セカンドインパクト」が起きた後の二〇一五年の世界で、一四歳の子どもたちが謎の生命体「使徒」と戦うという物語の内容は、まさに「終末」の世界を描いたものだった。

そして虚構の時代だからこそ、「暗い時代＝現実」であっても「虚構＝フィクションに」対してリアリティを持っているため、その時代に生み出されたフィクションは力を持っていた。つまり確かに暗い時代であったが、虚構＝フィクションに関しては一概に負の面ばかりではなかった。

ではそんな時代のフィクションはどのようなものだったか。

例えば九〇年代はテレビドラマの「黄金期」と称された。八〇年代後半にブームになったいわゆる「F1層」（二〇〜三四歳の女性）をターゲットとする「トレンディドラマ」の流れから、九〇年代はそこから脱するための純愛路線に走った『東京ラブストーリー』、『101回目のプロポーズ』、『高校教師』など多くの高視聴率ドラマが生まれる。トレンディドラマは「オシャレ」を一つの軸として、まさに消費社会の潮流と呼応して作られた作品である。そこに描かれるものは現実味はなかったが、「カタログ」や「ファッション雑誌」のような人々の憧れの対象として存在していた。まさに先に挙げた消費・情報化の時代性を反映したものになっている。またその後の純愛路線もこのちょっとした憧れを反映したものという意味では、やはりトレンディドラマと同様なものであると論じられる。九〇年代後半もやはり高視聴率ドラマは多く、『ロングバケーション』、『GTO』、『眠れる森』など三〇%を超える視聴率を叩き出すドラマが制作されていた。

またマンガ文化もこの時期、雑誌の売り上げを中心にうなぎ登りになっていく。『出版指標年報』を一〇年区切りに見ても九〇年代にコミックス・コミック誌の推定販売金額は伸びていき、その後二〇〇〇年代は緩やかに停滞することになる。(2) 象徴的な事象として、「週刊少年ジャンプ」が過去最高の売り上げを出したのは九四年の六五三万部である。ジャンプは九〇年代『ドラゴンボール』、『スラムダンク』、『幽☆遊☆白書』の三本柱をもとに絶頂を極めていった。

そして音楽もドラマやマンガと同様に、九〇年代は特異な時代として述べられる。「日本のレコード産業　2020」を見ても、やはりコミックス・コミック誌同様、音楽ソフト暦年生産金額の推移は九〇年代に絶頂期を迎え、その後は徐々に落ち込んでいく。内実を見ていくと「J-POP」という呼称が広がったのが九〇年代であり、象徴的な人物として小室哲哉がいた。小室サウンドによるヒットは多く、そのプロデュース業は九〇年代では特筆すべきものだった。またカラオケブームもこの音楽産業を後押しした。

その中で九〇年代の文学は、文芸評論家の斎藤美奈子が『日本の同時代小説』で述べているように、女性作家を輩出した時代だった。純文学では江國香織、小川洋子、角田光代、川上弘美、笙野頼子、多和田葉子、松浦理英子、エンターテインメントでは小野不由美、恩田陸、桐野夏生、佐藤亜紀、髙村薫、宮部みゆきといった作家を列挙し、それぞれのフィールドで女性視点からの問題提起を行っていったという。これはドラマや音楽などと同様に、女性の社会進出の機運も関係しているのだろう。

斎藤は「九〇年代の日本は表向きはまだ平和でした。多様な作家や作品を生んだ小説の豊作期でもありました」と述べる。時代感覚としてはやはり小説に関しても「豊かな時代」だったという認識があるのだ。これらの女性作家は引き続き二〇〇〇年代にも活躍していく。他にも同時期にデビューした男性作家としては、阿部和重、平野啓一郎、保坂和志などがいる。

以上のように文化の面に関してはは概観してみても、やはり「暗い」時代とは言い難い。その受容のされ方が「消費」という波に飲まれたものだったとはいえ、豊穣な作品が生み出されていたのがこの時代を語る論者たちの言説からうかがえる。

筆者自身は九一年生まれのため、基本的に実体験に基づかずそれらの言説を紹介することしかできないが、確かに文化としてはここで挙げたようなものは漠然と他の人たちと共有していたような気がする。マンガも音楽もドラマもなんとなく「ああ、あれか」、という感覚が自分自身にもある。万人が同様の「虚構」を消費し、それがコモンセンスとして存在していたのだ。

このことから先に挙げたように、見田がこの時代を「虚構の時代」と称しているのはまさに慧眼《けいがん》であり、文化という虚構に人々が心酔していったのが九〇年代だったのだろう。

つまり僕は政治の訴求力もなく、経済的な盛り上がりもない、虚構の時代に生きていた。「虚構」との距離が非常に近い中で過ごしていたと言えるだろう。

ではその後の二〇〇〇年代はどうなっていったのか。

■プレイヤーの変更――二〇〇〇年代のフィクション

二〇〇〇年代のフィクションの状況はさらに大きく変化していく。概観していこう。

まずは社会のトピックを見ていくと次のようだ。

【二〇〇〇年代】
・小泉政権による新自由主義的政策
・アメリカ同時多発テロ（9・11）
・就職氷河期
・リーマンショック
・民主党政権成立

二〇〇〇年代の大きな事件はやはりアメリカ同時多発テロ、通称「9・11」だろう。二〇〇一年に起きたこの事件は各国に大きな衝撃をもたらし、その後の社会情勢の変化へと繋がっていった。九〇年代から始まっていたグローバリゼーションが日本にも波及し、世界的な事件がまるで波のように日本の政治や経済に影響を与えていく。郵政民営化を政策の柱としていた小泉政権の新自由主義政策もそのうちの一つだろう。また就職氷河期は九〇年代前半から続いていく。

この時代もやはり明るい時代とは言えない。政治・経済ともに九〇年代の尾を引いており、停滞感が否めない。吉見が言うような「失敗」に見舞われている。

しかし、九〇年代に隆盛を極めていたフィクションについては少し状況が変わる。二〇〇〇年代の文化は九〇年代に比べると売り上げなどが低迷を始める。

ドラマに関しては定期的にヒット作が生み出されていた。二〇〇〇年に放送された『ビューティフルライフ　ふたりでいた日々』は視聴率四一・三%を叩き出しており、二〇〇一年の

『HERO』は三六・八％、二〇〇三年の『GOOD LUCK!!』は三七・六％と軒並み高い。

しかしこれらのテレビドラマの高視聴率は国民的アイドルグループであったSMAPの木村拓哉が主演を務めたことによるところが大きいだろう。九〇年代の「トレンディドラマ」のようなジャンルとして流行したとは言い難い。

音楽CD、またマンガ・雑誌は九〇年代を絶頂に売り上げが徐々に下火になっていく。もちろんドラマ同様、ヒット作はいくつもある。しかし全体的な販売数は右肩下がりだ。

これはもちろん、デジタル化に伴うダウンロード形式へ徐々に人々が流れ込んでいったということがあるだろう。ドラマなどのテレビ文化も同様な現象が二〇〇〇年代後半から起きていたと言える。動画文化が二〇〇〇年代後半から盛り上がりを見せ、人々の娯楽の形態が変化していった。

そして、それとコインの表裏をなすのがインターネットの発展だ。一九九五年に発売されたWindows 95から徐々に、マニアの間でしか使われなかったパソコンやインターネットが一般に普及していく。

ネットに関しての論も多く現れる。例えば文芸・音楽評論家・円堂都司昭《としあき》の『ゼロ年代の論点　ウェブ・郊外・カルチャー』では二〇〇〇年代の論点の一つとしてネット＝ウェブをトピックとして、それに関する言説を紹介している。本書はウェブ社会に関して社会への影響力を論者の言葉をまとめながら確認しており、その時代にネットが社会を大きく変容させたことを物語っているだろう。

また「サブカルチャー」の中でも「オタク系文化」への言及が多くなるのがこの二〇〇〇年

代だ。

　思想家の東浩紀は『動物化するポストモダン　オタクから見た日本社会』の中でオタク系文化を中心に日本社会を論じた。東は本書でポストモダンと呼ばれる時代の人間の在り方として「オタク」的な感性を参照している。オタクは積み上げられた既存の作品などから情報を引っ張り出してそれぞれの要素の裏にある深層の情報を消費するという、データベース消費を行っているという。また東は、見田宗介の議論を援用して虚構の時代の次の時代を「動物の時代」と名付ける。アレクサンドル・コジェーヴが欲求のままに消費するアメリカの消費者を観察した際の言葉を使用して、オタクの消費行動をそのように分析した。

　この感性は現在のネット社会を見ても先見の明があったといえる。それぞれが自身の興味のある情報のみを収集する、動物的な消費行動は、まさに現在のＧＡＦＡＭが扱うサービスなどの使用のされ方を先取りしていた。

　オタクに関する文化事象を紹介している本として、森川嘉一郎の『趣都の誕生　萌える都市アキハバラ』が出されるのも二〇〇三年である。もともと建築学を専攻していた森川は秋葉原というオタクの趣味の受け皿になっていた街に対して、個の空間がそのまま街に反映されているという分析を行う。またこの秋葉原の街とオウム真理教のサティアンとの類似を指摘していた。二〇〇〇年代の問題と九〇年代の問題は地続きであることがうかがえる。

　そして九〇年代から普及率を伸ばしていったのが携帯電話（ケータイ）である。総務省が出している「令和元年版　情報通信白書」を見ても、九〇年代後半から携帯電話の普及率は常時右肩上がりになっている。二〇〇〇年代はケータイにカメラがついたり着メロから着うたという形で音楽機能が発展したりと、多機能化が進んでいく。

文化は表面的に衰退しているように見えるが、それはネットに移行していたためで、実は九〇年代と同じように衰退はしていない。先に述べたパソコンの普及と相俟《あいま》って超情報化社会が訪れようとしていた。ただしここで一つ言えるのが、全体的な「文化」は見えにくくなったのではないか、ということである。

社会学者の片上平二郎は『「ポピュラーカルチャー論」講義　時代意識の社会学』という本の中で現代の「ポピュラーの不在」について述べている。

現代は「ポピュラーカルチャー」がとても〝見えにくい〟時代ですよね。それは「みんな」というものが〝見えにくく〟なっていることとも関係しているとでしょう。実はこの「現在」の〝見えにくさ〟という問題は、現在、社会学のさまざまな領域において問題化されています。

（『「ポピュラーカルチャー論」講義　時代意識の社会学』）

本書が扱う「ポピュラーカルチャー」は基本的に九〇年代までのものである。またそれ以降のものとしては「文化＝コミュニケーション」というパートでひとくくりにされており、一貫して現在の文化の捉えにくさを表している。

つまり二〇〇〇年代以降は文化の全体像が見えにくくなった時代であり、その後に新たなキーワードとして出てきたのが「ネット」、またそこで前景化した「コミュニケーション」ということになる。

そしてフィクションを論じる際に使用される言葉もこの「コミュニケーション」が増えていく。

先に挙げた東浩紀は二〇〇〇年代のコンテンツを論じた『ゲーム的リアリズムの誕生　動物化するポストモダン2』で「コンテンツ志向メディア」と「コミュニケーション志向メディア」という術語を使用していた。この二つは従来の送信者（作者・制作者）から受信者（読者・視聴者）への一方的なメディア（＝コンテンツ志向）と、送信者と受信者の双方向的なメディア（＝コミュニケーション志向）に区分されるが、ネットは後者であると指摘している。そして、そこから副産物的に生み出された物語として、ネットの掲示板発の『電車男』やTRPGでのプレイヤーたちのロールプレイから生み出された『ロードス島戦記』を挙げる。つまり「コミュニケーション」を生成するような「環境」から作られた物語が、この時代に生み出されていることを指摘していた。同様に速水健朗の『ケータイ小説的。〝再ヤンキー化〟時代の少女たち』では、二〇〇〇年代のケータイ文化の普及から始まったケータイ小説について具体的な作品（『恋空』〔二〇〇六年〕、『赤い糸』〔二〇〇七年〕など）を通して分析をしている。本書ではケータイ小説が生まれる背景として、双方向的な情報環境が日常的になった時代においてコミュニケーション自体が若者たちの大きな負担になってしまっているからではないかと分析をする。コミュニケーションを常時行わなければならない時代では、できる限り空気を読むなどの「優しい関係」を築く必要がある。ケータイ小説ではセックスが中心に描かれるものが多いが、それは複雑なコミュニケーション自体が抑圧を生み、そこからの逃避として、セックスが軋轢《あつれき》の少ないイージーなコミュニケーションだからだと本書では論じている。

加えて同書で速水はコミュニケーション過剰からの逃避という意味で、「引きこもり」との繋がりも示唆している。先に挙げたオタク文化とケータイ小説に象徴されるヤンキー文化は実は表裏ではないかというのだ。

オタク系文化の一つとして隆盛したカテゴリーにライトノベルがある。社会現象にもなった『涼宮ハルヒの憂鬱』をはじめとして、多くのライトノベルがこの時期話題にのぼった。またこの時代は「セカイ系」という言葉が流行した。九〇年代の『新世紀エヴァンゲリオン』から使われ始めたこの言葉は、「きみとぼく」の関係が社会という中間項を挟むことなく世界の大問題へと繋がる物語という定義がなされている。二〇〇〇年代はセカイ系作品がオタク界隈の作品として多く生み出されるようになり、ライトノベルでの代表的な作品としては『イリヤの空、UFOの夏』が挙げられている。

そのようなライトノベルやセカイ系的想像力を受けて佐藤友哉、西尾維新、舞城王太郎などが現れてくるのも二〇〇〇年代だ。彼らはそもそも本格ミステリの流れから出てきた作家たちだ。デビューはミステリの賞であるメフィスト賞だが、その作風は登場人物のキャラクター性を前面に出したものであった。その後、舞城と佐藤は三島賞を受賞したり、西尾はマンガ原作を行ったりと多様な活躍を見せるが、彼らがオタク系文化と親和性の高い場所からスタートしていたのは特筆すべきことだろう。

このようにマンガやアニメの影響を受けた作品群が現れたのとともに、二〇〇〇年代はSFの盛り上がりがあった。例えば二〇〇七年にデビューした円城塔、伊藤計劃《けいかく》を筆頭にリアルフィクションの流れが起きる。これは先ほどのパソコンやケータイの一般化による超情報化社会の訪れとともに、そんな技術的なものと非常に相性のいいジャンルであるSFが盛り上がりを見せたということだろう。ここに挙げた円城塔は二〇一二年に芥川賞をとるが、文壇から評価を受けたのはSF的な想像力を持った書き手が時代との親和性を持っていた証左でもある。

ケータイ小説、ライトノベル、ミステリ、SF。「サブカルチャー」としての文学状況は、ネットという新しい媒体とともに二〇〇〇年代に活況を見せていたのだ。

ちなみにここに挙げた以外の文学状況を概観してみても、やはり問題系は繫がっている。二〇〇四年に『蹴りたい背中』と『蛇にピアス』で同時に芥川賞を受賞した綿矢りさと金原ひとみが話題になった。『日本の同時代小説』で斎藤も述べているように、彼女たちが描く作品において、ポイントとなるのが「アイデンティティの分裂」である。人格の二重化、分裂は先述したメディア状況に関係するとする言説もある。東浩紀はポストモダン社会の特徴の一面として多重人格の急増を挙げているが、複数の「私」を生きるという問題系は二〇〇〇年代の後の一〇年代でも非常に重要な問題になっていく。

社会の暗さは変わらないとはいえ、フィクションの在り方は九〇年代から二〇〇〇年代まで変わらず豊穣だった。しかしその内実には変化があった。二〇〇〇年代のフィクションは「コミュニケーション」を主眼とするものに変化しており、言ってしまえば「全員が送信者になりうる」という状況によって生み出されていく。つまり万人が行為者＝プレイヤーとして存在する時代に移るわけである。ネットはしばしば「祭り」と呼ばれる動員型の盛り上がりを見せており、それに呼応する形で文化やフィクションも熱を帯びていた。ネットの「自由さ」の中でフィクションも同様の「自由さ」を見せていたように思う。

■ディストピアの中へ——一〇年代のフィクション

二〇一〇年代。ここからフィクションに変化が現れる。

まず大きな社会的な事件は二〇一一年に起きた東日本大震災だろう。一九九〇年代から続いていた停滞感に追い討ちをかけるように天災が襲った。さらに昭和の時代に作られた近代テクノロジーの象徴とも呼べる原発が炉心溶融を起こすのはある意味で平成の失敗を象徴する皮肉な事件であった。そして多くの人がショックに見舞われ、社会的な混乱が生じた。

また世界の大きな事件としてはトランプ旋風だろう。二〇一七年にドナルド・トランプがアメリカ合衆国大統領に就任し、アメリカという大国が過剰な自国優先主義によって他国との断絶を図っていく政治は二〇〇〇年代では見られなかった現象だ。

では文化状況はどうなったのか。出版界は不況と言われた二〇〇〇年代と変わらず、業界の見直しをするべきだという議論が多く見られた時代である。テレビ業界はどんどん低迷を極めていき、ドラマも視聴率ではもはや人気は測れず、『森田一義アワー　笑っていいとも！』や『とんねるずのみなさんのおかげでした』など長寿番組が次々に終了する。もちろん中にはヒット作も生み出されているが、多くのジャンルが停滞するのがこの時代だ。

では二〇〇〇年代にあれほどまでに盛り上がりを見せていたネットはどうだろう。

もちろん変わらず盛り上がりを見せていたものもある。例えば各ＳＮＳやYouTubeなどを中心としたネットでのビジュアルがメインのカルチャーだ。同様に音楽がMVなどと連動して受容されるようになったのも、ネットによるストリーミングが主流になったゆえであろう。またその延長線上としてゲームは、eスポーツの台頭とともに盛り上がりを見せていく。

だが全体的な状況、特に言論に関するものは芳しくない。二〇〇〇年代から問われていたネット上での匿名／実名の議論から時は経ち、見えない場所からの攻撃は多くなり、またそれを政治的に利用した流れが出てくる。いわゆるポストトゥルース的状況と呼ばれるものだ。フェイクニュースを流すことによって政治的な扇動を行ったり、情動を操作するような言説が多くなる。

例えば木澤佐登志の『ダークウェブ・アンダーグラウンド　社会秩序を逸脱するネット暗部の住人たち』では、グーグルの検索エンジンには「パーソナライゼーション」と呼ばれるアルゴリズムによって、各ユーザーの選好に沿った情報をフィルタリングする技術が二〇〇九年に導入された事実があり、そのことで新しい「知見」や「他者」と出会う回路が絶たれていると述べている。確かにグーグルだけでなく現在のSNSツールも選好された記事や投稿が上位になるように組まれている。つまり二〇〇〇年代のネットにかつてあった「自由」が徐々に形を変えている。

そんな全体的な状況を反映するかのようにフィクションは暗い像を描いていく。キーワードは「ディストピア」だ。

まず震災後にそれを反映した作品群が描かれた。例えば作家の中でいち早くこの震災に対してアクションを起こしたのが川上弘美である。彼女は『神様２０１１』を上梓したが、それは一九九三年に書かれた短編「神様」をもとにしてリライトされたものである。「神様」は主人公の「わたし」が言葉をしゃべる熊とともに散歩や食事をして過ごす日常を描いたものだが、『神様2011』はストーリーラインは変わらず、その世界に放射能の存在を匂わせている。同じような日常だが防護服を着たものが現れたりと、前者の「神様」に比べて少しぞっとするような内容になっている。他にも表現の自由をテーマに不謹慎さに挑んだ高橋源一郎『恋する原発』。震災の死者との交信を描いた、いとうせいこう『想像ラジオ』。出身地が福島のため、震災当時書いていた小説が変化してしまった古川日出男『馬たちよ、それでも光は無垢で』など、様々な試みがなされた。

またその後も、震災を描くわけではないが、暗い世界を描く作品が多くなった。例えば、多和田葉子の『献灯使』は鎖国をして荒れ果てた日本での日常が描かれ、中村文則の『R帝国』は戦争が起きている未来の世界を描き、村田沙耶香の『殺人出産』では一〇人産めば一人殺せる制度がある社会を描く。ここに挙げたのは一部だが、他にもそんなディストピアを描く作家が多くなった。

二〇一六年にスマッシュヒットした映画の『シン・ゴジラ』も3・11を描いたディストピアものと言っていいだろう。また同時期の『君の名は。』も震災をモチーフに描かれたものである[3]。

九〇年代も終末思想やオカルトが流行り、そのような作品が多く現れたのは前述した通りだ。そういう意味では九〇年代と二〇一〇年代の状況は似ていると捉えることができ、暗いイメージは平成の初頭からずっとあるのではないか、と見ることもできる。しかし二つの時代には大きな違いがある。九〇年代は「ノストラダムスの大予言」に象徴されるようなカタストロフ的終末観であるが、二〇一〇年代は日常を維持しながらもじわじわと世界が衰退していくようなイメージが強い。世界は徐々に崩壊へと向かうような衰退を見せているのに、僕たちの日常は変化しない。ゆっくりと、腐っていくように崩れていくイメージだ。「破滅」の前者に対して「腐敗」の後者といったところだろうか。

これまで見てきたように、九〇年代から、政治や経済において日本は失敗をし続けていた。しかし文化／フィクションは実は停滞しておらず、九〇年代、二〇〇〇年代は社会の停滞感とは反比例するように盛り上がりを見せていたのではないかと思われる。だが二〇一〇年代に入ると状況が変わり、文化やフィクションも停滞を見せていく。つまり社会の暗さが続く中で、想像力でさえ暗さを帯びてしまっているのが現代の状況なのではないか。もちろん、この暗いフィクションが多く生み出されている状況を「豊穣」と捉える見方もあるだろう。だが、やはりポジティブな想像力とは言い難い。

虚構に強く惹かれていた僕にとって、この状況は芳しくない。「虚構の時代」を生きた僕にとってリアリティがあったのは、常に政治や経済よりもフィクションであった。そのため、この状況を、より一層危機的と感じてしまう。

■新しい人間像

さて、フィクションの流れを概観し、平成のフィクションの暗さをずっと見てきた。パラフレーズするならば、今は「虚構が自由を奪われた」ということだ。

『シン・ゴジラ』のキャッチコピーが「現実《ニッポン》対 虚構《ゴジラ》。」だったのは象徴的だ。現在、フィクションと現実は入り混じっている。そのため一概に現実とフィクションを明確に区分できない。このことは「現実がフィクションに脅かされている」というだけでなく、「フィクションが現実に脅かされている」とも言える。

繰り返すがフィクションにはいまだに、面白いもの、盛り上がっているものもある。ただ、ここで僕が注視したいのは言葉の危機だ。

現在は写真や動画、イラストといったビジュアルが氾濫している時代になる。その中で言葉はどこか軽さを持ってしまっている。単純な「活字離れ」などとは言わない。メディアの変容による意識の変化、加えて言葉の質の変化が起きているのではないか、ということだ。

ネットが一般化し、SNSが日常的に使われるようになっている中で、そこでは誰でも簡単に発信ができるようになった分、あらゆる言葉は平板化されていく。そのため、いくら根拠に裏打ちされた意見であっても訴求力がなく、その場その場の口当たりがよく扇動的な言葉に流されていく。「夢」や「仲間」「絆」といった聞こえの良い言葉を使っていくポエム化から、その果てに待っているのはフェイクニュースの蔓延《まんえん》といった、真実と嘘《うそ》がないまぜになったポストトゥルース的状況である。また映像が氾濫するビジュアルの時代では、やはりどうしても言葉よりもイメージの重要性が増す。例えば政治でも、動画を駆使したイメージによる情報戦はもはや当たり前のことになっている。加えてフェイクニュースも政治的に利用され始めている。

言葉は実体のコピー（＝偽物）でありつつ、それ自体が人間の認識を恣意的に変化させる虚構性を本質的に持った実体（＝本物）である。虚構性によって自由な想像力の羽ばたきを文学は得られていた。しかし現在は先に述べたように、虚実が一緒くたになっている。先の『シン・ゴジラ』の解釈でも挙げたように、現在は「虚構」が危機に陥っており、虚構性を持つ言葉も寄る辺をなくしている。

二〇一〇年代の作家たちは「失語」的になっていった。これは震災後に言われたことである。高橋源一郎は震災後の対談で作家たちに「書きにくさ」が現れ始めたと述べ、批評家の佐々木敦も震災についての評論『シチュエーションズ　「以後」をめぐって』で、震災後の「失語」について論じている。

言葉とは想像力の源泉である。それが失われるということは、さらに暗い未来が待っているかもしれない。

どうすれば、言葉を届けられるのか。書くことや読むことを再起動させられるのか。言葉を扱う現代の作家たちはその模索を続けている。

作家たちはその状況の中で社会を反映してディストピア世界を描いていったのではないか、この状況に抗うための言葉を模索していったのが二〇一〇年代なのではないか、というのが僕自身の仮説だ。現状を透徹した目で見つめた作家たちの活動は、現在の状況をクリティカルにえぐり出そうとする営みである。

一九九一年生まれの僕が過ごした時代は現実よりも虚構《フィクション》が力を見せていた時代だった。この時代に生まれ育った僕が、自分という存在と虚構の存在との等価性を見出すのは、おかしな感覚ではないと思う。しかし今はそんなフィクションが危機に陥っている。だからこそ僕自身の足場も安定しない。

そこで次に見ていきたいのは、このディストピア状況を描いた作品と、そこに現れる新しい人間像だ。現在を描いている文学作品を分析していくことによって、想像力が直面している問題に気づくことができるはずだ。

(1) ただし彼自身の主張は、九〇年代以降の日本は失敗が誇張されすぎているというものだ。だが、やはりその裏返しとして、時代としては「失敗」の意識が蔓延していたのだろうと考えられる。
(2) ただしコミックスの販売数に関しては大きな変動はない。基本的にはコミック誌が売り上げを低迷させていったため、全体的な販売数が下がっていったと考えられる。また近年は電子コミックスも普及しているため状況が変化し始めている(音楽市場の状況も同様)。近年のマンガ市場に関しては飯田一史『マンガ雑誌は死んだ。で、どうなるの? マンガアプリ以降のマンガビジネス大転換時代』(二〇一八年)で詳しい分析がなされている。
(3) もちろん、この二作は単純にディストピアを描いているのではなく、希望のあるラストになっている。一概に暗いとは言えないが、やはり出発点は暗い世界像なのである。

第二章　ディストピアと人間——現代文学概論

■現代ディストピアの世界

虚構の自由が奪われていった、二〇一〇年代以降の現在においてフィクションをめぐる状況は明るくない。これは前章で確認していった通りである。

近年、ディストピア作品が注目されている状況がある。例えば、斎藤美奈子の『日本の同時代小説』でも二〇一〇年代は「ディストピア小説の時代」だと述べており、円堂都司昭は古今東西のディストピア作品を扱った評論『ディストピア・フィクション論　悪夢の現実と対峙する想像力』を二〇一九年に、また続編である『ポスト・ディストピア論　逃げ場なき現実を超える想像力』を二〇二三年に出版している。

ディストピアとはユートピアの反意語で主にSFやファンタジーで扱われる言葉だ。人類全体が幸せになるような明るい未来を迎えるのではなく、人々の自由が奪われ統制されている暗い世界である。またディストピア作品では科学技術を用いた管理が描かれることがよくある。

このような想像力が注目されている背景としては、前章で見てきた平成から連続する時代の

「暗さ」ももちろんある。だがそれだけでなく、二〇一〇年代に入ってテクノロジーの発展、またそれらを利用して国民を統制する全体主義的な雰囲気が現前し始めたからであろう。

二〇二〇年、イギリスのブッカー国際賞では小川洋子『密やかな結晶』（英タイトル「The Memory Police」）が最終候補に挙がった。本作は一九九四年に出版され、二〇一九年に英訳された作品だが、内容はディストピア的世界の兆候を予見するかのような虚構空間を描くものだった。小説の舞台となるのは様々なものが消滅していく島。その中で様々な記憶が消されていくが、その消滅を免れる人たちも秘密警察なる者たちに連行されてしまう。

現在、日本だけでなく世界的にも、急速にこのディストピア的な想像力で作品が描かれているように思われる。それは今の社会／世界がこのような想像力で描かれた世界と同様の様相を呈し始めているからだろう。だからこそ、フィクションに描かれる世界の姿をよく見てみると、「いま・ここ」で何が起きているのかをまざまざと感受することができる。すなわち、ディストピア作品を読んでいくことは、現在の世界の感触を本質的に捉えることだと言える。

■形而上学の失墜
――『献灯使』『大きな鳥にさらわれないよう』

多和田葉子『献灯使』（英タイトル「The Emissary」）は二〇一八年に全米図書賞翻訳文学部門を受賞した作品だ。『密やかな結晶』と同様、ディストピア的世界と対峙した小説であり、英訳され、英米で高い評価を受けた。日本が直面しているディストピア観が他国でも切実な問題として把握されている証左であろう。

舞台は鎖国政策を行っている荒廃した未来の日本。この世界では人間が現在よりもさらに長生きをするようになっており、例えば七〇代の人間は「若い老人」と妙な名称がつけられている。そして物語の中心となるのは一〇〇歳を超える「義郎《よしろう》」とその曾孫《ひまご》である「無名《むめい》」である。二〇一四年に出版された本作が二〇一一年に起きた東日本大震災を踏まえて書かれているのは間違いない。『献灯使』の世界の様子は、明らかに震災後の日本社会を想起させる。老人たちはずるずると生を繋いでいく。これらは医療技術の発達や食糧事情の改善など、現在の社会が人間を長く生かす技術環境を手に入れたことで長寿化した状況を反映している。

無名は歩くことや服を着ることもままならない男の子だ。しかし彼はそれでも悲観的でいるわけではない。生まれつき歯も脆《もろ》く、それがぼろぼろと取れてしまった時も、慌てる義郎に対してあっけらかんとしている。心配する義郎にも「雀も歯がないけれど元気だから平気だよ」と述べ、強がりではなく自分の身体の脆さを平然と受け止めている。

そもそも、この世界の子どもたちは生まれつき硬いものではなく柔らかいものを食べてきた。身長を測ることもなく、背が高い方が良いという価値観もない。またよく互いの身体に触れてじゃれ合うのだが、その中で自分に必要な種類の体力だけをつけていけばいいとされているのだ。

一方、一〇〇歳を超える義郎はどこか心配性で、曾孫の無名に対してどう接していいのか逡《しゅん》巡《じゅん》している老人だ。かつて子どもや孫に対して自分の正しいと思うことを教えてきたが、社会の大きな変化によってそれが傲慢だったことに気づく。

例えば孫に、先々の就職のために総合職業学校へ三年通えるだけの資金が入った預金通帳を渡すのだが、孫はそれを勝手に解約し現金を盗んでしまう。義郎はそれに対して腹を立てたが、一か月後には大銀行が次々と破産するという事態に見舞われる。他にも東京の一等地の土地の地価は下がらないなどということも義郎は孫に話していたが、二三区全体が「複合的な危険にさらされる地区」として価値を失っていく。

また本作で描かれる教育も「こうすれば正しい」と教えられることが減っていく中で、あれこれ考えたものを手探りのまま子どもに与え続けている。だからこそ、教師が行うのも「監視」ではなく「観察」だというのだ。

そんなディストピア世界の中で人々は絶望し厭世《えんせい》的になることはないが、その存在は脆く弱々しい。義郎たち大人はかつての常識が崩壊した中でどうすればいいかわからないといった精神面で。無名たち子どもはその常識に順応した結果の身体面で。依って立つ「正しさ」が崩れた世界を生きている。子どもたちは「正しさ」の基準がいまだないからこそ、順応しているが、大人たちはそれを受け入れることを逡巡し自信をなくしている。

人類が衰退していく中で、「正しさ」がわからなくなる世界。僕たちが考える常識は通用せず、その先も予想ができない。川上弘美『大きな鳥にさらわれないよう』も同じように、人類が衰退し、今までの常識が通用しないような世界を描く。

本作は断章で構成され複数の視点で描かれているが、一つの世界観を共有している。そこは今までの人類が消え、新しい「人類」が存在するという世界だ。新しい人類は多様で、超能力を持つもの、クローン発生で生まれたもの、光合成ができるもの、人工知能と融合したものなど様々だ。また姿形も目が三つあったり、鼻がなかったりと、若干異なっている。

ディストピア小説を特徴づけるものの一つに、「テクノロジーによる人間の制御」がある。ジョージ・オーウェル『1984年』ではテレスクリーンという監視カメラによって人々の行動を統制する。ディストピア小説は人間の一元管理を行う社会が描かれることが多いが、一括して人間をコントロールするには、テクノロジーに頼ることが非常に効率的なのだろう。『大きな鳥にさらわれないよう』の新人類たちも人間のテクノロジーによって生み出された存在だ。人工知能が人間に寄生し、やがてそれぞれが独立性を保ちながら一体化していく。そして取りついた人間の性格や思考に少しずつ影響を及ぼしていくのだ。また生殖ではなくクローン発生によって子どもを生み出していくといったやり方で個体を増やしていき、様々なタイプの人類が誕生することになる。

本作の新人類の出現は自然発生的というよりも人工的なものである。そのため存在の捉え方も非常に物質的だ。そこに形而上学的な考えは挟まない。

「死んだら、どこに行くの」

(中略)

「死んだら、最初は腐って、次第に分解されて、それから原子にかえって自然界をふたたび循環しはじめるのよ」

「そういうことは、わかっているの。そうじゃなくて、死んだら、あたしのこの考えは、どこに行っちゃうのかっていうこと」

「あら、考えは、あなたの脳がおこなうことだから、脳が分解されれば、存在しなくなるだけよ」

（『大きな鳥にさらわれないよう』）

登場人物の女の子、レマと母とのこの対話では、死後、自分たちの「考え」は消えてしまうという。つまり魂などなく、あるのは物質としての存在だけということだ。テクノロジーという物質的なものによって生み出された存在は、形而上学的な魂・精神性などを考慮することはない。

そのためこの世界には、「祈り」がない。最終章「なぜなの、あたしのかみさま」では、レマがかつての人間たちの様子を夢で知ることになる。レマは夢の中で超越的な存在として人間を俯瞰《ふかん》している。そして夢の中の人間は、様々なお願いとともにレマに向かって祈りを捧げていた。現生人類のレマにとってその光景は異様で、祈りを捧げている人間に対して嫌悪感を抱いている。また別の章段である「奇跡」でも現在は神という存在はいなくなってしまったと書かれる。

『大きな鳥にさらわれないよう』の描く世界には神・魂・意識といった形而上学的なものがなくなっている。そして、描かれる人類は科学技術の結果生み出された人工的なものなのだ。

■唯物論的存在――『消滅世界』『R帝国』

このようにテクノロジーの過剰な発展・介入によって人間が変化していく社会は、村田沙耶香のディストピア小説『消滅世界』で現実の日本社会と対比的に、ありうべき世界として描かれる。村田沙耶香の作品は第四章でも論じていくが、現代日本のディストピア作品の傾向を摑《つか》むため、本作だけ別で見ていこう。

物語は主人公の女性、雨音《あまね》と恋人との会話から始まる。雨音は恋人から「アダムとイヴの逆」についての話を聞かされる。そこで雨音は「最後のイヴ」のイメージだと言われる。それは彼女が「最後の人間としてのセックスをしている存在」ということなのだ。

その世界では安全に子どもを産むことができるため、人工授精による妊娠が全世界に広まっている。またこのことから人の妊娠・出産は恋愛行為とは切り離されて考えられている。恋愛は基本的にマンガやアニメのキャラクターなどにするものとなっているのだ。人間の男女の恋愛、またその後の出産は基本的には旧来的なものとされている。

雨音は母親と父親の性行為を経て生まれるが、その「常識」は『消滅世界』では異質なこととして認識されている。しかし、母親は旧来的な男女の在り方を雨音に教えていく。「雨音ちゃんも、大きくなったら、好きな人と結婚するのよ。そして、恋をした相手の子供を産むの。とっても可愛い子供よ」。母親の「正しい世界」を教わりながら育った雨音だったが、成長するにつれてその価値観と現在の社会の価値観の齟齬《そご》に気づき始める。本作の雨音は旧来的な常識、つまり僕たちと同じ価値観を教えられた上で、『消滅世界』の中の常識を「普通」だと思って生きている。この作品は、昔と今の常識のはざまにいる雨音を視点人物として置くことによって、その世界の違和をよりわかりやすく認識できるような構成になっているのだ。

テクノロジーの介入によって、より「合理的」に受精ができるようになった世界。これを作中の人間たちは人類の進化の形として肯定的に受け止める。

その後、物語の世界では「家族（ファミリー）システム」からより合理的な「楽園（エデン）システム」が誕生する。そこには家族なる単位は存在せず、センターから葉書が届いたら男女問わず受精を行い、そこで生まれた「赤ちゃん」は「楽園（エデン）」地区にいる大人全員が「おかあさん」になって関わっていくのだ。生殖をはじめとした人間の「生」全体をシステムとして捉えて一元管理し、そしてその合理化の行きつく先が社会の常識となっていく様子が描かれる。テクノロジーによって、人間自体も一つのシステムに組み込むのは、ある意味で人間を装置として考える思想である。

しかし、本作で注目すべきなのはシステムではなく、その合理性を「常識」として受け止めて順化していく人々の意識の方だ。

「ねえ、人間のこと、化け物だって思ったことはある？」

「は？」

「ヒトだけではなくて、命あるものはみな、化け物なのかもしれないわね。海で生きていたのに陸に出てみたり、空を飛ぶようになったり、尻尾を生やしてみたり。二本足で立ってみたり、動物的な交尾ではなくて、『科学的な交尾』で繁殖するようになったり。命あるものはみんな化け物で、私も、ちゃんと、化け物だったの。それだけよ」

（中略）

「お母さんは洗脳されていないの？　洗脳されていない脳なんて、この世の中に存在するの？　どうせなら、その世界に一番適した狂い方で、発狂するのがいちばん楽なのに」
（『消滅世界』）

旧来的な常識が消えていき、全てが唯物論的なシステムとして作られ、人間の意識自体もそれに慣らされていく。だからこそ人は人という枠組みを揺さぶられる。雨音が言うように、他の生命が多様な進化／変化をしてきたように、人間も脳＝意識を変化させる化け物として存在しているのである。

意識は周囲の環境に合わせて簡単に書き換わる。僕たちの心や自由意志は人間個々人が持つ確固たるものであり、不可侵のもののように見えるが、どうやらそういうわけでもないらしい。中村文則が描くディストピア小説『R帝国』では、そんな人間たちがいとも簡単にコントロールされていく様子を描く。

舞台は近未来の島国であるR帝国。このR帝国は現在の日本の在りえたかもしれない世界として書かれる。また作中にも現在の日本を虚構のものとして比較するシーンが出てくる。そして冒頭から戦争が始まっていく。隣国であるB国とR帝国が戦いを始めるが、そこにY宗国という国が絡んでくる。Y宗国はR帝国の都市の一つであるコーマ市を襲撃し始めるのだ。

だが実はY宗国がR帝国を襲ったのはR帝国内の〝党〟と呼ばれる政党が絡んでいた。党が自身の政権を長期化させるためにY宗国にR帝国のコーマ市（市長が党内少数派閥）を襲わせていたのだ。またそれを情報の巧みな操作によって国民たちに仕方ないと思わせる。それを行った〝党〟の人間である加賀は次のように述べる。

「もちろん出鱈目だがね。……今からY宗国のあのテロリスト達が、本土を攻撃してくると情報を流したんだ。つまり、このまま放っておくと自分達の方に来るとね。(中略)そしたらどうだ?」

(中略)

「国民達は我が身可愛さにコーマ市の犠牲を選んだ! 我々に早く徹底的に彼らを叩けと言う! 我々が今軍隊を出せば、人質は皆殺しにされ原発はあの地で爆発し、コーマ市民の大半が死ぬというのに!」


(『R帝国』)


R帝国の国民は感情的に一つの方向に流されていくように描かれる。本作は非常に戯画的だが、人間を無意識にコントロールするような試みはすでに現実の世界で様々に行われている。

例えば、福田直子『デジタル・ポピュリズム　操作される世論と民主主義』は二〇一六年の大統領選でドナルド・トランプが当選した理由を分析している。スイングボーターと呼ばれる確固たる支持政党がない浮動票層に効果的にアプローチするため、地域を細かく分析してターゲットを絞り「少数を勝ち取った」ということが勝利へと繋がったという。トランプ陣営はビッグデータをもとに「心理分析」を加え、小グループごとに向けて開発した個別広告を特定の地域でテレビや電子メール、SNSを通じて投入したそうだ。一例として、国境近くに住み、ゾンビが人々の平穏な暮らしを脅かすという恐怖を描いたテレビドラマ『ウォーキング・デッド』を見ている有権者の心理分析が「心配性」と出たことから、難民や移民の来訪を危惧していると推測し、トランプ以外の大統領になると移民が増えるという広告を地域限定で出したという。またそれ以外にも様々なケースでデータ分析と情報操作を行っていた事例が書かれている。

人間の行動をデータとして扱い、コントロールを行うこと。これは『R帝国』が市民に行っているものと重なる。また本作には——いささか滑稽すぎるほど陳腐なアイテムだが——「記憶を消す薬」が出てくる。

「人生は苦難に満ちている。人類は自然を征服したが、我々はこの薬でさらに人生を、運命を、つまり神をも征服しようとしている。記憶を奪う。つまり人間の経験の積み重ねにより運命のように人生が進む流れを、この薬で断ち切ることができるのだから。……しかしこの国の運命はもう変わらない」

（『R帝国』）

人間のアイデンティティを規定する記憶を消すことのできる薬がこの世界には存在する。そしてそのような人間の意思を直接的に操作するテクノロジーが存在することによって「神をも征服しようとしている」と述べるのである。

加賀は世界が全体主義に陥ったのは神の意志だというが、それは「物理学的運動」だと言い換える。やはりここでも形而上学的な神の失墜が提示され、人間の行動を唯物論的な運動＝システムとして捉える視点が描かれるのだ。

こうして、現在のディストピア小説における世界観は①正しいとされる共同幻想的な常識がなく②形而上学的なものが失墜し唯物論的・合理的な視点から世界が作られており③人間自身もその唯物論的なモノ／情報として記述され④「私」という意識すらもコントロール可能なものとして描かれる。

繰り返すが現代のディストピア小説は今の社会が反映されている。それゆえ、日常や戦争、人類の進化や消滅など、各ディストピア小説で描かれるものは異なるものの、張っている根は深い場所で絡み合っているのだ。

■ディストピア的人間
——『破局』『ニムロッド』『平成くん、さようなら』

さて、ここまで見てきたいくつかのディストピア小説では、現生人類とは異なる存在として「新しい人間」の様子が描かれる。『献灯使』の無名は身体が弱いがあっけらかんとしており、『大きな鳥にさらわれないよう』の人類は人工物と融合した先にある存在として、『消滅世界』の雨音は自身の意識を合理的選択に合わせる。

つまり「新しい人間」には、変化してしまった世界やテクノロジーなどといった外部の力によって手を加えられ、現在の常識とはかけ離れている部分があるが、ただそれを「異質なもの」として捉えるのではなく、「自然なもの」として受け入れている感覚が強い。

先に挙げた現代のディストピア小説の特徴を持った人間像は、ＳＦやファンタジーなどディストピアを扱っているわけではない小説でも徐々に出現し始めている。これは注目すべきことだろう。

第一六三回（二〇二〇年上半期）芥川賞を受賞した遠野遥『破局』は新しい感性を評価され話題になった。本作は主人公・陽介の一人称視点だが、自分の行動について冷静な分析を行うような形で語られていく。どこか本人の行動と言葉には乖離《かいり》があり、まるで自分自身を物質のように眺めている。

なにやら、悲しくて仕方がなかった。しかし、彼女に飲み物を買ってやれなかったくらいで、成人した男が泣き出すのはおかしい。私は自動販売機の前でわけもわからず涙を流し続け、やがてひとつの仮説に辿りついた。それはもしかしたら私が、いつからなのかは見当もつかないけれど、ずっと前から悲しかったのではないかという仮説だ。だが、これも正しくないように思えた。

（『破局』）

陽介は感情の混乱を来しているのだが、それを客観的に眺めながら分析をしている。また最終的に自分は健康な肉体を持っているので悲しむ理由がないと結論づけるのだ。これもディストピア小説に特徴的な、身体を唯物論的なモノとして捉える認識だろう。

彼は高校ラグビー部出身の大学生だが、コーチとしてかつての自分の高校に呼ばれて指導をしている。その際、部員に対して「全員ゾンビになれ」と指示を出すのだ。ゾンビは痛みや疲れを感じず、死んでいるから何もわからないし、恐怖もなくなるから怯《ひる》まないという理由からだ。また現役の時に自分はそのようにしてきたと述べている。

また彼の善悪の基準も内部に宿るものではなく外部に託している。例えば陽介が隣の席の女性の露出した脚に性的な欲情からわざと自分の脚をぶつけようとする場面がある。しかし、「公務員を志す人間が、そのような卑劣《ひれつ》な行為に及ぶべきではなかった」と考えて行為をやめる。自発的な心性ではなく、あくまで外部の規範を参照して行動の制御を行うのだ。まるで外部からプログラムされたロボットのように。加えて彼は神を信じていない。そのため祈りや願いを誰も聞いてくれないという諦念を持っている。『破局』はディストピアを扱う小説ではないが、陽介という人間像は、ディストピア小説で特徴的に描かれる感覚を持った人物なのである。

この遠野遥が描いたような感性は、彼が受賞する一年前に話題になった、上田岳弘『ニムロッド』や古市憲寿『平成くん、さようなら』で描かれていた人間像にも近いものがある。『ニムロッド』は第一六〇回（二〇一九年上半期）芥川賞を受賞した作品だ。法人向けサーバー保守サービスを運営する会社で、仮想通貨を採掘する課に転属される「中本哲史《さとし》」が主人公の話である。中本のもとにはかつて同じ職場にいた「荷室仁」から定期的に小説がメールで送られてくる。彼は今は名古屋支社にいて小説家を目指している男性だ。

荷室の書く小説は、人間の王を名乗る「ニムロッド」という男が主人公のＳＦである。ニムロッドはビットコインによって生み出した自分の資産で塔を建設し、その最上階で駄目な飛行機コレクションを購入している。だが、最終的に小説内の世界では、購入できる駄目な飛行機は作る人間自体がいなくなり、なくなってしまう。そして、世界は人間という個が全体に溶解していき「あのファンド」と一体になる。理由は、そちらの方が生産性や生存確率が高いからだという。

ニムロッドの塔の話は現在の世界を象徴的に描いたものだろう。それは資本主義やグローバリゼーションがネットをはじめとしたテクノロジーによって加速していく世界だ。そこでは人々はシステムに順応し、生産性を突き詰めた結果、「個」を失っていくイメージがある。中本の恋人である田久保紀子は外資系証券会社に勤務している女性で、まさにそんなシステムの中にいる人間である。さらに彼女は妊娠中に胎児の遺伝子検査を行い、染色体異常を発見して、堕胎をした経験を持つ。田久保は仕事に奔走する自分の人生に対して「正直言って何のために稼いでいるのか、全然わかんない。なんだか自分の人生じゃないみたい」と言い、またそもそも「人生、じゃないみたい？」というような言い方をしている。全てがシステムに飲み込まれ、その中の個人が実感するのは、機械の部品のような自分自身の取り換え可能な性質である。感情を抑え込み、自分をシステムの一部と見なしているからこそ、田久保は「自分の人生」ではないような気がしている。

また中本は左目から感情を伴わない涙を流すという謎の症状がある。悲しみという感情の象徴である涙が、悲しくもないのに流れる。まるでそれは『破局』の陽介のように、人間的な感情と物質的な身体が乖離していることを強調しているかのようである。

一方、『平成くん、さようなら』の主人公は、平成を象徴するような男性としてメディアに取り上げられた「平成くん」だ。彼は「一般的な感性」とは少しずれている。例えば、平成くんは「愛」という一緒に過ごす女性がいるが、彼女のことを恋人と呼びたがらない。それは他の誰に対しても平等に振る舞うというルールを自分に課しており、誰かを特別扱いしたくないからだという。またピーマンやエリンギは嫌いで、それを無理して食べる必要はないと主張する。それはピーマンやエリンギの主な栄養素は他の野菜やサプリメントで十分に代替できるからだ。平等・多様性という現代社会のルールに従い、また食べ物を栄養を取るための機能面で見ることを徹底する姿は、これも合理的なシステムを遵守する機械のように見える。

本書の日本では安楽死が合法化されている。平成くんはそんな中で安楽死することを選択しようとする。理由としては平成が終わると同時に自分は古い人間になるからだと述べている。「愛」は簡単に死を選ぶことに関して懐疑の念を抱くが、平成くんは対照的だ。既存の倫理的価値に対して、逡巡がないかのように、あくまで淡々と死の選択を行う。平成くんの次のような言葉を見てもわかる。

「すべての人は例外なく死ぬ。その時期がちょっと早まることに大騒ぎしないでよ。僕の考えは変わらない。終わった人間にはなりたくないし、もう十分にやり尽くしたという気持ちもある。今さら僕がＴｉｋＴｏｋｅｒになるなんて想像できる？　自分の最期は自分で決めたい」

（『平成くん、さようなら』）

「死ぬのはいけないことだ」という旧来的な倫理観に対して、平成くんは「自ら死ぬこと」を合理的判断として説明する。その後、平成くんは自身の発言のアーカイブを利用して、類推して発話してくれるスマートスピーカーを製作する。また他にも数年分の原稿を溜め、平成くんのデータを搭載した人工知能を利用して人生相談をし、CGで自分の姿を再現してくれる番組も制作できるようにしてもらう。自分の存在が消えたとしても、データとしての平成くんは残り続ける。彼はそれを「不老不死」と呼び、前向きに捉えている。

しかし、逡巡がないかのように見える彼にも実は人間らしい戸惑いがある様子が描かれる。合理性を突き詰めた平成くんとは対照的な価値観を持つ人物である「愛」と接することによって、彼自身価値観を揺さぶられる。

「結婚願望なんてこれっぽちもなかったけど、愛ちゃんと結婚して、子どもなんか全然好きじゃないけど、子どもを作って、一緒に育てたら楽しいだろうなって、そんな平凡極まりない未来に憧れたりもしたんだよ」

(『平成くん、さようなら』)

最終的に平成くんは安楽死をとげて消えてしまう。そんなふうに合理性を最後まで突き詰めて旧来の「人間」を脱していくような彼にも、かつての人間的な価値観を捨てきれず思い悩む一面があることが、ここには描かれるのだ。

『ニムロッド』と『平成くん、さようなら』には双方ともに、「人間」を突き放した結果生まれてくる存在が登場する。そして二つの作品が同じ第一六〇回芥川賞の候補作であったことは、時代の象徴だと言えるだろう。

■人間至上主義の先——脱人間主義

ディストピア的想像力がSFやファンタジーではなく現代小説で描かれる背景として見ておきたいのが、歴史学者ユヴァル・ノア・ハラリが著した『ホモ・デウス　テクノロジーとサピエンスの未来』（上下）だ。この本は現在のテクノロジーの発展が人類をどのように変貌させるのかを分析した論考である。

本書は第一部から第二部にかけては人類がどのようにして世界を席巻していったかを描き、人間が生み出していった科学や宗教について歴史的な記述がなされる。第二部の最後では現在の資本主義が普遍化した社会が生み出された背景として、人間至上主義という考えがあると述べる。あらゆるものが神などの超越的なものを規範とするのではなく、人間の内面が非常に重要になってくるという。ハラリはそんな近代以降の社会の芸術・経済・教育などの様々な事例を挙げて、人間至上主義を精緻に分析しているのである。

しかし彼は第三部で現在の「人間」の概念を突き崩すような提言を行う。それは人間に魂や自由意志、「自己」などはないという主張だ。

二〇世紀に科学者がサピエンスのブラックボックスを開けると、魂も自由意志も「自己」も見つからず、遺伝子とホルモンとニューロンがあるばかりで、それらはその他の現実の現象を支配するのと同じ物理と化学の法則に従っていた。

（『ホモ・デウス　テクノロジーとサピエンスの未来』下）

僕たちが自由に考えている思考も脳内の生化学的なプロセスによって生み出されたものだというのだ。つまり人間はアルゴリズムに沿って動くシステムだという考えである。

もちろん、自由意志の問題はこれまでも議論されていたことかもしれない。だが、現代社会では身近なテクノロジーによって人間がいかにシステマティックなものかを身をもって感じられるようになっている。例えば様々なバイオメトリックスデータをモニターすることによって、その人がどのようなことを感じているかを認識でき、ＤＮＡ検査によって自分が直面する可能性のある健康上の問題を事前に知ることができる。これは遠い未来の話ではなく、すでに実現している「いま・ここ」のテクノロジーだ。

テクノロジーの進化を受け入れることは、二つの考え方を生み出すという。それはテクノ人間至上主義とデータ至上主義だ。前者はテクノロジーの力を用いて人間をアップデートする考え方、後者は人間の活動をデータ処理システムとして捉える考え方だ。しかしテクノ人間至上主義は人間の意思や心をテクノロジーでコントロールする方法を取るため、結局は「人間」というものを消してしまうという懸念を述べる。そこで出てくる考え方がデータ至上主義であり、現代社会の自由主義と資本主義からデータ至上主義による統治に変化していく可能性をハラリは指摘するのである。

つまり人間をアルゴリズムに沿って行動や思考をする生物だとするならば、人間は無機的な物質＝情報として考えられる。データの集積として人間を捉える感覚。主観が入らず客観的であるために、それはより「正しく」自分自身を捉えることができるということだ[1]。

ハラリの分析は示唆的だ。まるで先に見てきたディストピア小説の世界を解説しているかのようである。実質的に世界は急速なテクノロジーの発展により、人間の在り方が変化している。そしてその変化の仕方は「脱人間」とでも呼ぶべきものであり、既存の「人間」とは言えないものだ。そしてこの「脱人間」は、現在の人類の目の前にはっきりとした形で見える未来の人間像として現れている。

さて、しかし僕が述べる「人擬《ひともど》きの感覚」＝「どうしようもない自己」はこの「脱人間」とは等号では結ばれない。いうなれば「人間」と「脱人間」の間で揺れ動く「私」である。その「私」とは、『破局』や『ニムロッド』、『平成くん、さようなら』で描かれていたような脱人間主義的な考えのもとで生まれてくるような逡巡する自己であり、それが僕たちの姿なのである。

そしてそれは単なる技術的な進歩のみによってではなく、平成時代から続く社会的な停滞と相俟《あいま》って生まれてくるものである。これらを、SF的なディストピア世界を描いているのではない、また別の作家の作品を通して、より精緻に見ていこうと思う。

（1）近年、話題になった成田悠輔『22世紀の民主主義　選挙はアルゴリズムになり、政治家はネコになる』（二〇二二年）もデータ技術を利用して民主主義制度を改変する構想を示したものだったが、このような人間観はすでに多くの人たちが提唱するところとなっている。

第三章　社会の「私」——朝井リョウ論

■朝井リョウという象徴的作家

前章では現代のディストピア作品を見てきた。そこには①「正しさ」の不在、②形而上学の失墜、③唯物論的人間像、④意識のコントロールが描かれていたことが見て取れた。そしてそれらの特徴はSF的な作品だけでなく、現代社会を描いた文学作品にも現れ始め、脱人間主義的な思考を僕たちに突きつけている。

このようなディストピア的な世界観が現実に広がり、僕たちの意識は変革し始めている。ここからは、一人の作家の作品を通してより深くそこで描かれる「人間像」を探っていきたいと思う。

最初に見ていく作家は朝井リョウだ。彼は大学在学中の二〇〇九年に『桐島、部活やめるってよ』（以下『桐島』）でデビューし、その後、二〇一二年に『何者』で男性としては史上最年少の「平成生まれの直木賞作家」として注目された。ラジオパーソナリティーを務めるなど、小説外のジャンルでも活躍する売れっ子作家だと言えるだろう。

文芸評論家の仲俣暁生はウェブメディア「monokaki」上の「平成小説クロニクル」というコラムで平成時代を象徴する小説家を絞る中で、前半は「J文学」というくくりを設けることができるが後半を概括することは難しいと述べる。だが、それに続けて「西暦でいうと2008年以後に登場した若手のなかで、抜きん出て成功した者を一人挙げるとすると、『平成生まれ』の一人の小説家の名が思い浮かぶ」として朝井リョウの名を出している。また同じく書評家の倉本さおりも「〈平成〉とは何だったのか」(「小説トリッパー」二〇一九年春季号)というタイトルのクロスレビューで朝井リョウの『死にがいを求めて生きているの』を扱っている。彼にはどうしても「平成」が枕詞として付きまとうようだ。

実際に彼の作品を概観してみると、スクールカースト、就活、アイドル、YouTuberなど、社会で話題になっているものを題材として小説を組み立てていることが多い。そのようなことも相俟《あいま》って、「時代を象徴する作家」であると言われているのだろう。しかし、彼を「時代の象徴」として社会反映論的に語るだけだと見過ごしてしまうものがある。

例えば、朝井は二〇一六年のインタビューで次のように述べている。

「僕、10年後は絶対今より不幸になっていると思うんですよ」

(中略)

「春にドラマ、夏にアニメ、秋に映画。こんなこと、人生でもう二度とない。こんなすごいカード使っちゃって、これからどうしようって感じ」

(「AERA」二〇一六年五月九日号)

このインタビューを受けた当時、朝井はドラマ化、アニメ化、映画化と立て続けに自分の小説がメディアミックス展開を遂げ、破竹の勢いで作品が受容されていた。しかし作者自身の発言は自信どころか諦念を感じさせる。

朝井の作品、そして朝井という作家を論じるには、そこに書かれているテーマはもちろんのことだが、彼の個々の作品の内容だけでなく、このインタビューで述べているような鬱屈や肩身の狭さの在り方も考慮しなければならない。

例えば朝井の『ままならないから私とあなた』の表題作では、『平成くん、さようなら』、『ニムロッド』や『破局』の主人公を彷彿《ほうふつ》とする人物が登場する。本作は人間的な感性を大事にする雪子と合理性を重要視する薫という対照的な二人の物語だ。雪子は作曲家を目指し、自分らしい個性のある音楽を作ることに何年もかけて取り組んでいる人物だ。対して薫はプログラマーとして人が作る音楽をデータとして分析していき、「その人らしい音楽」をパターン化して生み出すプログラムを発明する。物語では雪子が作った今まで考えてきた中でも最高の作品とほぼ同じ曲が、薫のプログラムによって創出されてしまう様子が描かれる。「合理的」な薫の考え方は「人間的」な雪子の精神を揺さぶる。テクノロジーによる合理化がもたらす人間の数値化や物象化といった脱人間的な環境の中で、人間性が揺さぶられる。近年の他の作家たちがテーマにしていた感性を、いち早く朝井リョウが描いていることも、彼に着目すべき理由の一つである。

だがしかし、彼が感じている、また僕が感じるような「鬱屈」や「諦念」の問題はテクノロジーの発達だけに起因するものではない。彼が描く作品を読んでいくことによって、SF的なディストピアとはまた違った、世界の困難さが浮かび上がってくる。

朝井リョウという作家を考えることで、僕や他の作家たちが感じているような言葉の語りにくさ、ひいては現代の生きにくさの断片が見えてくる。

■多様な中の「私」

そもそも彼の作品の形式は、登場人物の内面を掘り下げると同時に、一つのテーマやモチーフに対して多視点的になっているものが多い。

朝井は、ある一面から見ると特に何事もなく過ごしているような人たちの、実は内面に抱えている悩みや暗さを作品で描く。「隣の芝生は青い」ではないが、ある章ではわからなかったその人の内面も、別の章でそちらに焦点をあて、「そのようなことを思っていたのか」という驚きを味わわせてくれる。

例えば『少女は卒業しない』は七章構成の連作短編集で、廃校を迎える学校の卒業式を軸に、七人の女子高生たちの視点で描かれた物語だ。その年、卒業・廃校を控えて彼女たちがそれぞれ抱えている／いたものを描いている。また『もういちど生まれる』も各章に出てくる登場人物たちが別の章に出てきたり、また視点人物が変わり、他の視点人物からでは見えなかった部分が見えてくるような仕掛けになっている。『星やどりの声』、『スペードの3』、『世にも奇妙な君物語』、『何様』、『死にがいを求めて生きているの』、『どうしても生きてる』、『スター』も同様だ。一冊の本の中で一人の内面を垂直的に掘り下げることよりも、複数の視点を水平的に描くことを重視する書き方は、多様性の重視が謳《うた》われ多くの価値観を肯定し、またネットの隆盛によってそれが可視化された現代社会を強く反映するかのような形式になっている。このような形式の作品を多数著していることも社会反映論的に読めてしまう。

デビュー作の『桐島』も一つの高校を舞台に、高校生たちの揺れ動く内面を描写した群像劇である。導入ではバレー部キャプテンである「桐島」が部活をやめるという話が学校内で出回る。しかし本作に桐島自身は一度も出てこない。運動部のキャプテンという学校生活も順調であろう彼が、なぜ部活をやめるのか。直接的にその謎は明かされることはないが、ただ彼が部活をやめたことは波紋のように周りの人間に変化を及ぼしていく。

この小説はスクールカーストの議論で引き合いに出されることがよくある。例えば、教育社会学者の鈴木翔が著した『教室《スクール》内カースト』では「スクールカーストとは何か」を説明する箇所で『桐島』を紹介している。本書の説明ではスクールカーストとは学校内で目立ったり人気だったりするグループやおとなしいグループといった形でクラス内の上下を分けるものだ。学校生活を送る上で、子どもたちはこの序列を敏感に感じ取っているケースが多い。

『桐島』の登場人物である映画部の高校生、前田涼也は自分のことを序列の「下」の人間だと認識している。「上」の人間と自分は違う存在で、話すこともない。そんな彼の視点で描かれた章では、「上」の女子生徒と「下」の男子生徒の関係性を描写した次のような場面がある。

「なんか映画部のヤツ？　名前わからんけど、凄まじかったよねダサさ！」

（中略）

きゃははは、と黄色い笑い声が聞こえる。レジの列に並んでる人なんて他にもたくさんいるのに、それぞれ声を発しているのに、とにかく後ろから聞こえてくるその声は全部を追い抜いて僕の耳元へやってくる。

「誰やったかな、その作品の監督……話もよくってさ」

武文は話し続ける。必死に、動揺を隠しながら話し続けようとしている。絶対に聞こえているはずだ。だけど僕らは気づかない振りをする。

（『桐島』）

「上」と「下」の立場の人間は直接的に対立することはなく、分断されている。そのことによって、学校生活を摩擦なく送ることができる。これはある意味で「賢い」生き方だ。「上」「下」のカテゴリーはわかりやすい。自分たちの立ち位置を安心して確定することができる。そのようにカテゴライズすることによって、コミュニティを容易に作れ、少ないコストでコミュニケーションを行うことができる。

だからこそこの場面では不当な上下関係を描いているように見える。しかし、そんな中でも「下」の彼らは彼らの世界を楽しんで過ごしている。彼らは映画を撮影して、自分自身の表現活動に愚直に打ち込む。彼らは彼らのコミュニティを楽しんでいるのだ。

そして『桐島』の別の章では序列の「上」の立場である菊池宏樹という男子高校生の視点からも物語が進む。野球部に所属している彼は運動神経が良く、入った時から他の部員よりも上手いということを自覚していた。また付き合っている彼女からも彼が一緒にいるグループは「なんか地位が違うって感じー」と言われる。しかしそのため部活をサボるようになり、友人たちや彼女と遊ぶことの方にかまけるようになる。そんな時、彼が先に述べた「下」の人間である映画部の前田が活動しているところに出くわす。


「武文」

「なにとぼとぼ歩いてんだよ、今日から撮影やっぞ！」

前田の目が開いた。どこか広い世界へと続く扉が開くように、前田の目が開いた。

そのとき俺は、ひかりを感じた。開いた扉の向こう側からこぼれ出たひかりの線を見た気がした。「わかってるよ」と言って、前田は武文と呼ばれる男子と共に足早にグラウンドから去っていく。

見たことのない表情だった。俺はあのふたりが、教室の片隅で肩身狭そうに雑誌を読んでいる姿しか、見たことがなかった。できるだけ目立たないように、誰の目にも留まらないように、雑誌を広げてあいつらにしかわからないような話をしている姿しか、見たことがなかった。


（『桐島』）

菊池は「カースト下位」の前田たちが活動する姿に対して「ひかり」を感じる。前田らが本気で打ち込んでいることにまばゆさを見るのだ。そして彼は本気でやって何もできない自分を知ることが怖かったからこそ、練習もサボっていたということを理解するのである。
この作品で描かれる生徒は意識する形は違えども、「上」や「下」の認識をそれぞれ持っている。そこには「下」の人間の鬱屈もあるが、「上」の人間でも別種の鬱屈を持っていることを描いている。

ではなぜこのような分断や、内面の鬱屈が生み出されてしまうのだろう。その理由の一つが「正しいこと」の不明確さではないだろうか。

例えば、『教室内《スクール》カースト』で鈴木は、現代社会を支配しているメリトクラシー（＝能力主義）は、様々な力を必要とするハイパー・メリトクラシーへと変化したと述べる[1]。言い換えれば、社会で必要な力が多様化している、ということだ。そのため学校で学ぶべき力、つまり「正しさ」は様々な方向へと膨張しつつあるのではないかと鈴木は述べる。そんなハイパー・メリトクラシーの一つがコミュニケーション能力といった測ることの難しい能力であり、このような力の有無が社会での支配的な評価軸だとされているからこそ、スクールカーストが生み出されているのではないかというのである。

何が「正しい」かがわかりにくい時代だからこそ、自分たちの中で「正しい」とされる在り方を考えて実行していく。これは学校内の話に限ったものではないだろう。例えば、現代は「多様性」を重視した時代である。差別や偏見をなくすこと。女性の社会参画や、ＬＧＢＴＱの権利擁護が議論の俎上《そじょう》にのぼるのも多様性を認めるからこそである。しかし、「多様性」の重視で起きるのは「際限ない相対化」だ。多くの価値観が「正しい」となると、個人の自己形成において何が「正しい」のかが曖昧になる。そうなるとずるずると「自分の意味」を探さなくてはならなくなる。他人と比べて、自分は劣っているのではないだろうか、そして他人と比べて、自分はどのような存在なのか、と。またこのことから、朝井作品の多視点という形式と、自分らしさの模索という内容は強く結びつくのである。

■「正しさ」の不在

朝井リョウが『桐島』などで描いていた「際限ない相対化」は、彼自身が肌で感じていた現実であっただろう。そんな状況を敏感に読み取った感覚を作品化したのが『桐島』などの初期作だった。しかし、そんな朝井にとって「肌感覚」だったものが、徐々に「平成」という時代の普遍性を帯びた問題だということに気づいていったと考えられる。

例えば朝井は『死にがいを求めて生きているの』の刊行後インタビューでは次のように述べる。

私は、平成とは〝平らかに成る〟という字のごとく、個人間の争いを省いて平らかにしていこうと試みた時代だと感じています。小説にも書きましたが、運動会で勝ち負けを決めない、テスト結果の順位は貼りださない、一番を取ろうではなく〝個性を大事にしよう〟というように。でも〝個性〟を見つけようとすると、私はやっぱり、人と自分を比べることをやめられなかった。私は二十九年間、一秒もさぼらず他者を気にして、社会の中での自分の立ち位置を把握しようとしてきたんです。ナンバーワンになるために競争して脱落する辛さではなく、オンリーワンになれと言われた先の何もない地獄のほうが、私には心当たりがあるんです。

（「きらら」二〇一九年五月号）

朝井は競争の中で「個性」を見つけ出すことができず、決められた「枠組み」がなければ、自分というものがわからないと述べる。そして、「オンリーワンになれ」、つまり「他とは比べられないような個性を持て」という先の地獄に心当たりがあるという。『桐島』などの作品からもわかるように、この感覚は朝井自身が長い間、身をもって感じていたものだったのだろう。

『死にがいを求めて生きているの』は「枠組み」がない中で行き場をなくしてしまう若者の話だ。本作は堀北雄介と南水《みなみ》智也という二人が中心に据えられている。雄介は小学生の時はクラスの中心になるような活発な男の子であり、智也は理知的でおとなしい男の子だった。両極な性格の二人は、周囲からもなぜ一緒にいるのかわからないと思われていた。

雄介は競争や勝負にこだわり、対立を好む。小学校の運動会で棒倒しがなくなってしまいそうになった時も反発し、また中学では成績の順位を気にして上位に食い込むように勉強をしていた。しかし高校を卒業して、そのような決められた枠組みの中の競争がなくなり始めると、雄介は迷走していく。自分自身の存在意味＝生きがいを必死で模索し始めるのだ。大学では校内で禁止になったジンパ（ジンギスカンパーティ）の復活運動をし、それが収まると大学をやめて怪しい伝説に関わる人物のもとへ行くことを決意する。友人の智也は雄介のこのような行動を止めるために彼と接触を行うのだ。

「昔みたいに決められたルールがないと、自分からは何も出てこないんだ。小学校で俺の言いなりだった奴も、中学で俺より頭悪かった奴も、俺より偏差値低い大学行った奴もみんな、ルールが変わった次の世界で俺を抜いていった。智也のバイト先で集まって飲んでた社会貢献人間たちも、次の生きがい見つけ出して楽しそうに活動してる。もうこうなったら、あいつらとは違うやり方で戦うしかない。同じところに居続けたら、どんどん進んでいくあいつらに笑われ続けるだけだ」

（『死にがいを求めて生きているの』）

学校ではわかりやすい優劣や上下があったが、大人になるにつれてそれがなくなり、自分から「生きがい」を見つけなくてはいけない。その「わかりにくさ」を雄介は生き抜けなかった。「枠組み」がない中でどのように生きればいいのかわからないのだ。

僕たちは「枠組み」、つまり「正しさ」がない中で生きている。全ての在り方が正解だと言われる世の中は逆に息苦しい。このような見えない闘争が現代社会には渦巻いている。朝井がインタビューで述べていた言葉である「ナンバーワン」ではなく「オンリーワン」。平成を代表する曲であるアイドルグループSMAPの「世界に一つだけの花」には「No.1にならなくてもいい　もともと特別なOnly one」という歌詞がある。多様性を認めるようなこのフレーズが平成時代にもっとも売れたシングル曲だというのは象徴的でもありながら、実は皮肉なことでもあるのだ。

前章で見たディストピア小説の特徴であった「正しさ」のなさは、平成時代から続く本質的な事象である。人々が信じられるものがなくなった中で、僕らはどこか明るくなれない。彼の作品に描かれる陰はそんな人間的な「どうしようもなさ」を描いている。

他にも短編集である『どうしても生きてる』もタイトルからわかるように、生きることに対しての諦念を感じさせる作品だ。本作はそれまでの朝井作品とは違い、各短編作品の焦点は学生ではなく社会人の視点で描かれるが、それぞれの視点人物たちが自分の人生の「ままならなさ」を感じている。全てが論理的に説明できるわけではない気持ち、空回りをしてしまう熱意、非正規雇用の女性の生きにくさ、誠実さに対する疑念、立場ゆえに自分の意見を言えない状況、生まれた時に決まってしまっている自分の性質など。朝井作品はSF的なディストピア世界ではないが、そこで描かれる登場人物の感性は十分ディストピアの中に存在する自己像であるのだ。

■見られる「私」を意識する「私」

現代は「正しさ」の不在ゆえの「際限ない相対化」により、ディストピア世界のような停滞感が恒常化している。朝井作品はその中で悩む人間を描いていた。

次に注目すべきはテクノロジーの部分だ。技術的発展は現代社会とは切っても切り離せないものである。しかし、朝井作品では露骨にテクノロジーをモチーフにした作品はほとんど出てこない。例えばこの章の最初に取り上げた『ままならないから私とあなた』は自分の体に電気信号を送り、別の人の動きをトレースする機械や、一人の作曲家のデータを集めその人が生み出すであろう曲を作り上げるプログラムなど、テクノロジーが中心的な題材となっている。ただそれ以外は特徴的なものはほとんどない。

しかし、多くの朝井作品の中で中心的に現れる技術がある。それがSNSをはじめとする「ネットツール」だ。現代の中心的ツールである「ネット」は彼の作品では重要なものになっている。X（旧・Twitter）やYouTube、Instagram、TikTokといった、ウェブ・動画投稿サイトなどは現代において多くの人が当たり前のように使う。この技術はAIやロボットなどに比べて、より身近な技術的進歩として捉えることができる。

ネットの特徴の一つは情報の素早い受発信だろう。誰もが、至る所で、一瞬でコミュニケーションをとることができる。それは見知った同士でもそうだが、見知らぬ他人に対してもである。

さて、これを踏まえた上で、朝井リョウ作品を読み解く。そこで見えてくる別の特徴的な点は「表現者」が視点人物として多く描かれることだ。先ほどの『桐島』では映画部の部員、『もういちど生まれる』ではダンサーや美大生、『チア男子!!』では男性チアリーダーなど。またここに挙げた作品以外でもこの特徴が見られるものがある。

例えば、『スペードの3』の章段の一つ、「ダイヤのエース」は、劇団員の香北《こうほく》つかさを視点人物として描かれる物語だ。彼女にはファングループもあり、一五歳頃から劇団の世界に入っている、他人から見れば成功者の部類に入る人物である。しかしつかさは決して自分に対して自信を持っているわけではない。むしろ劣等感を持っている。同じ劇団員の沖乃原円《おきのはらまどか》に対しての心情を見てみると次のようにある。

円のようなわかりやすい不幸ではないけれど、どこか感覚的で、表現者になるべき人の原点を感じさせるような幼少期のエピソード。だからこの人の表現は深いんだ、と思われるような、不思議な説得力を纏《まと》った物語。

嘘でもいいから、そんな物語を与えなければ。

（中略）

どうしてこの子だけいつも、その場の主人公になってしまうのだろう。

そして、どうしてこの子は、うさんくさい物語も、本物の実力も、そのどちらをも兼ね備えているのだろう。

きちんと努力をしているならば、それだけにとどめていてほしい。つくりものみたいに安い物語を背負われると、たちまち、あなたのことを嫌わなくてはならなくなる。


（『スペードの3』）

つかさが抱いているのは自分の「物語」がないことへのコンプレックスだ。円には父親との別居や病気などといった「物語」がある。それは本人からしてみれば、悲観すべきことだろう。だが、悲劇という「物語」があるからこそ、彼女は一目置かれる。固有のバックボーンとなる「物語」がないつかさはそれに対して妬みの感情を持つ。一見するとつかさの方が両親もおり、自分の身体も健康であるため幸福に見えるが、彼女自身はこの平凡さに嫌気がさしている。これは非常に奇妙な事態である。

しかしこれは「正しさ」の不在だけの問題ではない。つかさがそのように感じているのは、つかさが表現者であり、「見られる」存在であるためだ。劇団員は誰かからどのように見られるかが重要なため、他の人間とは違う自分なりの物語があれば、その人がどのような人物なのかを「見る」側は理解できる。それを意識しているのだ。

同様に『武道館』は「見られる」ことを生業《なりわい》とするアイドルを扱った小説だ。「アイドル戦国時代」なる言葉が二〇一〇年代に出現している。(2) その時々の社会的なものを描く朝井リョウらしいモチーフと言えるだろう。(3)

『武道館』の主人公の女子高生、愛子は子どもの頃からアイドルに憧れ、オーディションを受けてアイドルグループ「NEXT YOU」のメンバーになる。しかし高校に通いながらアイドル活動を行っている彼女の内面では、自分がイメージしていたアイドル像と現実に置かれている立場とのズレを感じている。それは、愛子を含めた「NEXT YOU」のメンバーたちが体型やキャリア、趣味や恋愛、また自分自身の感情を気にして過ごすなど、自分の生活の中で行動制限をすることに対してだ。

もちろん、これらはアイドルでなくとも気にすることかもしれない。しかしここで意識すべき部分は愛子が感じている「見られる」意識である。アイドルは見られる存在であるため、その意識が起きるのは至極当然のことなのだが、彼女はそこに違和感を覚える。例えば水着での撮影の際に、カメラマンから「思い切りカメラの向こうのファンを見つめて」、「同級生の男子じゃなくて男の先生を誘う感じで」と言われる場面がある。

さっきからこの人が言う、カメラの向こうにいる人たちというのは、一体誰なのだろう。その人たちは、本当に、自分たちのことを応援してくれている人なのだろうか。

（『武道館』）

愛子のイメージしていたアイドルは、ファンがその存在に憧れて応援をしてくれるような存在だった。しかし、彼女たちは「商品」として、見る者たちの欲望に合わせるように行動させられる。そして活動を経ていくごとに、主にネットでメンバーに対する誹謗《ひぼう》中傷の声もたびたび目にするようになってくる。またメンバーたちはそのような誹謗中傷に対して、自身を守るように行動を制限していく。それが恋愛禁止や、外部のコメントに対して無闇に腹を立てないスルースキルなどだ。

愛子が疑問に思うような、この「見る」視点は一体何者の視点なのだろうか。物語の最後、愛子は幼馴染の大地と恋人関係になったことをスクープされてメンバーを含めた事務所関係者から糾弾される。そしてメンバーの一人に愛子は、自分や「NEXT YOU」が悪口を言われるたびに考えていたことを話し始める。

「悪く言ってくる人の頭の中にいる自分って、どんなだろうって」
たとえそれがいたしかたない理由でも、外見の「劣化」は許されない。
発言、行動、そのすべてに全く矛盾がないように生きなければならない。いろいろ言われることはしょうがないのだからどんなことがあっても「スルー」しなければならない。

歌とダンスだけに全力を注がなければならない。新しいフィールドへの挑戦は、どうせ無理なのだから、すべきではない。

アイドルにお金を注いでいるファン以上に、幸せになってはならない。

余計なことは考えずに、歌って踊っていれば、それでいい。

「それは、私のなりたい自分じゃなかった」


（『武道館』）


彼女たちは「見られる私」を意識する。そしてその「見る者」は見えない不特定の他者、会ったこともなく誰なのかもわからない存在だ。それらの人々からバッシングを受けないようにしていく。巷《ちまた》に溢《あふ》れる不明瞭な「見る」視線によって生まれる「見られる私」を内面化していく。自然に起きる人間的な欲望や感覚を捨てて、その「見る」視線に合わせた「見られる私」を作っていくのだ。

その後の作品である『スター』も、表現者が「見られる私」を意識している。本作は立原《たちはら》尚吾《しょうご》と大土井《おおどい》紘《こう》の二人の視点で交互に章段が進んでいく。尚吾と紘は協力して大学の映画サークルで映像作品を作り、映画祭でグランプリを受賞する。ただ二人の感性は対照的なものとして描かれている。

尚吾はかつて映画好きの祖父から「質のいいものに触れろ」と言われ、いわゆる「名作」と呼ばれる作品を多く見てきた。また卒業後は映画界の巨匠であり海外からの評価も高い鐘ヶ江《かねがえ》誠人《まさと》の映像制作会社に入社することになる。対して紘は父から「よかて思うものは自分で選べ」と言われており、映像を作る時も自分が一番かっこいいと思うものを意識して撮影している。卒業後、彼はグランプリ受賞作に出演してくれたボクサーが所属するジムの宣伝用YouTubeチャンネルの動画を作ることになる。

物語の序盤、尚吾は他のクリエイターより一歩先へ進んでいると確信する。「質のいい」作品を制作してきた鐘ヶ江監督のもとで監督補助を務めることになり、自分の感性や技術が磨かれることに対して喜びを覚えているのだ。しかし、ある時に紘が制作したYouTubeの動画が人気になっていることを知り、尚吾は逡巡《しゅんじゅん》する。また映画に関する情報を掲載する「日刊キネマ」に紘が制作したYouTube動画の記事が掲載された時もショックを受ける。その動画を絶賛する記事、またインフルエンサーである天道奈緒《てんどうなお》という女性がその動画を褒めたことが内容として書かれていた。「日刊キネマ」は「質のいい」映画を取り上げる媒体だと思っていたが、YouTubeという「質がいい」とは思えないもので、さらに自分の友人だった紘が取り上げられたということに対して、心を揺さぶられているのである。

尚吾は専門的な人たちとともに、多くの映画好きからも評価される「質のいいもの」を作っていると確信していた。だが、彼は「質がいい」とは思われない素人が作ったようなYouTubeの動画がもてはやされているという状況にショックを受けたのだ。再生数や新聞などの記事、またインフルエンサーの言葉などによって、動画が社会的に認められていくのは、「質のいいもの」を信じている尚吾にとっては自分の存在価値を揺さぶられているのと同様だ。

尚吾はこの状況に焦りながら脚本を書いていく。その脚本に対して制作チームの先輩である女性の浅沼は次のように言う。

「なんて言うのかな、あんたの脚本だけじゃないけど、作品だけじゃなくて自分ごと受け入れられようとしすぎっていうか、むしろ作品より自分を愛してもらおうとしてるっていうか……天道奈緒のドラマとか観てても、まあ、そんな気がしたって話」

（『スター』）

尚吾は脚本を書く際に、「ただの若いカップルの恋愛物語に終始しない」ことだったり、「間違っても壁ドン炸裂なキラキラ映画にならないよう」に意識したり、「ジェンダーギャップ、働き方や〝家族〟の在り方、今の社会を反映する色んな現象」を盛り込んだ「今世に出されるべき作品」にしようと考えている。彼自身にとってそれが質のいいものと考えて選びとっているものだ。だが浅沼からすれば、インフルエンサーの天道奈緒が行っていることも、映画監督を目指す尚吾も同様だという。つまり「社会」から受け入れられる自分＝「私」を作る。方向性は違うが、どちらも社会的なものから「見られる私」を意識しているということだ。

浅沼は次のように続ける。

「私は答えより問いが欲しい。シロでもクロでもなくて、グレーを描けるのがフィクションじゃん。だけどあんたも天道奈緒も、なんか、答えを持ってる人間に思われようとしてる気がする。それって逆に、こっちからすると何かが足りない感じがする」

（『スター』）

表現することは「見られる私」を意識する。もちろん、表現行為はそもそも「見る」人間を強く意識するものだろう。誰かに見せる意識を持った上で作るのだからそれは当然のこととも言える。しかし現在は「見る」人間が不特定多数化、また不明瞭化している。またこの場面で浅沼も語っていることだが、その人自身の人気自体が金銭的なものに関わってくる。彼女曰く、動画の「中身」ではなく「状態」が重要になっているのだ。そのため表現行為は「何かの問いかけのために表現をする」のではなく、「自分自身を表現するために表現する」ということになってくる。尚吾も浅沼の言葉によって「自分は今までずっと、脚本を書いていたのではなかったのかもしれない。ずっと、世界に目配りをしていたのかもしれない」と考える。誰かに見られている感覚を持ちながら、そこに合わせるように表現をしようとしているのは、『武道館』の愛子と同様の感覚だ。そうなるからこそ、何かを表現しようと志すものは違和感を覚えるのだ。

■誰しもが表現者となりうる中で

直木賞を受賞した作品である『何者』の主人公、二宮拓人《たくと》も先に挙げたように大学で演劇サークルに入っていた「表現者」である。だが本作では彼の創作・表現活動はフォーカスされない。ここで題材とされるのは就職活動になる。しかし、ここにも同様の「見られる私」の問題が潜んでいる。

本作は物語の中で、拓人と同じ大学生である登場人物たちのTwitter（現・X）の発言が問に挟まれる。彼らは自分の身の回りに起きたことをその都度発信（ツイート）している。しかしこのツイートはそれぞれ自分を誇張して見せるためのものになっている。換言すると自分自身を「表現」しているのだ。例えば、拓人と同じく就活中の理香は、大学では留学をしたり様々な活動をしたりと意欲的に物事に取り組んでいた女性である。彼女は自分のTwitterで自分が行っていることを発信している。「今日もキャリアセンターでES見てもらってから面接の練習。色んな人からアドバイスもらえて、ヤル気アップ！　このあとは瑞月《みずき》たちと集まって就活会議。仲間がいるって心強い！」「目標のOB訪問二十人達成！（中略）これからこれだけの人に出会えると思うと、ワクワク！　もっとたくさん人に会って、いっぱい吸収しよう」など。

彼女は誰かに見られていることを意識している。自分自身が誰かに見られているということを踏まえて自分自身を表現／演じているのだ。作品の終盤、理香は就活が上手くいっていない時、拓人に対して次のように言う。

「自分は自分にしかなれないんだよ。だって、留学したってインターンしたってボランティアしたって、私は全然変わらなかったもん。憧れの、理想の誰にもなれなかった。貧しい国の子どもと触れあったり、知らない土地に学校を建てたりした手でそのまま、人のアドレスからツイッターのアカウント探したり、人の内定先をネットで検索したりしてる。それがブラック会社って噂《うわさ》されてるようなところだったら、ちょっと、慰められたりしてる。今でも、ダサくて、カッコ悪くて、醜い自分のまま。何したってね、何も変わらなかった」

（『何者』）

彼女は、自分自身が「何者でもない」ことを自覚しながらも、「何者かであるかのように」振る舞っていた。またその後、「私だって、ツイッターで自分の努力を実況中継していないと、立っていられない」とこぼす。

これは先の「『正しさ』の不在」と「見られる私」の問題が絡む。ここには自分がどのような人物なのかという模索と、自分がどのような人物として見られるのかという意識がある。そして自分の本心や実情とかけ離れていたとしても、自分を演じる。本作は「就活のリアル」と語られることがあるが、それだけではない。誰もが発信者になりうる状況になった中で、「多様性」という抑圧の中で「見られる『私』をどう作るか」ということが常態化した者たちの現実を描いているのだ。

主人公の拓人も同じだ。彼は一年前に就職活動に失敗して留年していることが物語の最後に明かされる。そんな彼は俯瞰《ふかん》した場所から思ったことを一般には公開しない裏アカウントでツイートしており、理香に知られていたことが明かされる。

「だってあんた、自分のツイート大好きだもんね。自分の観察と分析はサイコーに鋭いって思ってるもんね。どうせ、たまに読み返したりしてるんでしょ？　あんたにとってあのアカウントはあったかいふとんみたいなもんなんだよ。精神安定剤、手放せるわけないもんね」

（中略）

「拓人くんは、いつか誰かに生まれ変われると思ってる」

理香さんは、俺の携帯をテーブルの上に置いた。

「あきらめるふりして、あきらめきれてない。今年だって、周りにはもうあきらめたって言いながら、実は演劇を取り扱ってる企業をこっそり受けてたりしてる。この鋭い、自分だけの観察力と分析力で、いつか、昔あこがれたような何者かになれるって、今でも思ってる」

（『何者』）

他人と自分は違う。拓人は周囲から少し上のメタ的な場所から他人を見て、自分を他とは違った存在だと考える。そうしないと自分自身を保てない。理香のベクトルとは違うが、彼が置かれている状況も同じだ。抑圧の感覚。もちろん、これは就職活動に失敗し認められなかったということもあるかもしれないが、それを助長しているのが、周囲の声が可視化され、自分を発信する場があるという状況なのだ。

『何者』の拓人は確かに「表現者」であったが、表現者であると同時に「見られる私」の意識を持っている。「自分がどのように見られているのか」という自意識。そんな意識を持ちながら、周囲の友人からは見られないような裏アカウントで発信している。

それならば発信しなければいいのではないかとも思える。しかし発信することが常態化している中では、どうしてもそのゲーム内に入らざるを得なくなる。発信しないことがすでに「負け」なのだ。だからこそ発信するのだが、そこで発信したことが相手よりも劣ってしまっても「負け」なのだ。特に就職活動の状況を発信しなければならない中では、なお一層強くそれが浮き彫りになるのであろう。

朝井リョウが描く「表現者」の表象は、「発信」を中心とした現代においてはリアリティを帯びる。ネットは誰しもが「表現者」となりうるツールだ。そして、表現をするというのは、不特定多数の人から「見られる私」を意識しなければならなくなる。それは決して、特定の人だけに起こることではない。朝井は「テクノロジーが隆盛しつつある現代社会」を舞台に作品を描いているわけだが、その社会では、誰しもが表現者になりえ、ゆえに押しつぶされそうになっている。朝井は、そんな人間たちの意識を描いているのである。

■社会の「私」

さてここまで、この社会が多様な考えを認め、誰もが表現者となりうる状況を朝井作品から読み取っていった。抑圧を感じながらも自己を誇張してでも表現しなければいけない。そこに一種の「鬱屈」を覚えるのは朝井作品の登場人物だけではないだろう。これを踏まえると「朝井リョウ」という作家への見方も変わってくる。

朝井リョウは作家という表現者である。つまりここで考察されたことと同様の状況にいる。つまり彼自身も作品で描かれているものと同質な抑圧の中を生きている。自分が表現することに関して、否が応でも自分自身をどう見せるかということを考えざるを得ない。男性としては史上最年少、さらに「初の平成生まれ」で直木賞を受賞した彼は様々な期待を受けていた。彼はインタビューでも「私自身、直木賞作家という肩書と実際の自分の能力は本当に見合っているのかと常に考え」ると述べている。(4)彼は自分が作品を発信する以前に、周囲によって作られた作家像（「見られる私」）を意識せざるを得なくなっている。

そうなってくると、朝井が描くものは「見られる私」に順応するものになってくる。「見られる私」を意識した作品。しかし、それだと「私」という表現者は一体どのような存在なのか。彼自身そこに自覚的だったのであろう。だからこそ、それ自体をモチーフにするという方法を使う。つまり非常に入り組んだ構造だが、彼が用いる社会的な鬱屈を描くという「私」を出さない表現法は、実は彼にとって「私」を描くということに繋がっているのである。

朝井リョウは「社会」的な作品を描く。しかし実はそれがひっくり返って「私」の問題になっている。「社会」＝「私」となった中で、「社会」を描くことは「私」を描くことでもある。つまり「私」性が（描かれ）ない「私」性が（描かれて）あるのである。これは断じてレトリックではなく実存レベルの話だ。その意味で彼の小説の内容と形式と作家性は連関しているのである。

多様性が重視されるようになったがゆえの現代的な鬱屈。そして、この状況から一方向では強く「私」を出そうとし、一方向ではほとんど「私」を出せないという二分化が進んでいく。「周囲とは違う」という力強い声が大きく響く一方で、「周囲と合わせなければ」というか細い声も蔓延《まんえん》していく。

このテーマは二〇二〇年の作品である『正欲』でも続いて描かれる。一見すると「多様性」という言葉は、多くの人たちの個性を尊重する理想的な言葉としてある。しかし本作ではそんな「多様性」という言葉が、自分たちの想定する範囲の中での「多様性」であり、それを礼賛することの違和感が示唆される。本作は、「マイノリティのことを考えて社会をよくしよう」と志向する人間たちが出てくるが、そのような態度に対し、本能的な「マイノリティの性欲」を持ち出し、問題提起を投げかけるような構成になっている。やはりここにも「多様性」という個性をそれぞれが認め合う社会であっても／あるからこそ本質的に起きてしまう抑圧が描かれる。

本作に出てくる女性の桐生夏月は噴出する水に性的興奮を覚える特殊性癖を持つ。一般的な「マイノリティ」の枠組みにも入れない自身の性嗜好に対し、引け目を感じている。そんな彼女の苦悩を表した文章が作中には書かれる。

多様性、という言葉が生んだものの一つに、おめでたさ、があると感じています。自分と違う存在を認めよう。他人と違う自分でも胸を張ろう。自分らしさに対して堂々としていよう。生まれ持ったものでジャッジされるなんておかしい。清々《すがすが》しいほどおめでたさでキラキラしてる言葉です。これらは結局、マイノリティの中のマジョリティにしか当てはまらない言葉であり、話者が想像しうる〝自分と違う〟にしか向けられていない言葉です。

想像を絶するほど理解しがたい、直視できないほど嫌悪感《けんおかん》を抱き距離を置きたいと感じるものには、しっかり蓋《ふた》をする。そんな人たちがよく使う言葉たちです。

（『正欲』）

本作は平成から令和にかけてカウントダウンしながら物語が展開していくが、この本質的な問題はいくら「新しい時代」になっても拭い去れないものであると訴えてくるようだ。

現代社会の人間たちはテクノロジーの進歩によってシンギュラリティに近づいている。例えばSFが描くその先の人間像はポスト・ヒューマンとも呼ぶべき「超人」的イメージかもしれない。しかし、日本の現代文学で描かれる脱人間主義的な環境下の人間像は、社会に広がる停滞の感覚と技術的発展が混じり合うことによって「人間性」を押しつぶされて抑圧を感じている存在である。その中で生じるのは「私」が消える事態だ。朝井リョウ作品を通して見えてくる、この「社会」＝「私」、つまり確固たる「私」が衰弱する感覚は脱人間主義的な先にある「私」である。

（1）「ハイパー・メリトクラシー」という言葉は教育学者の本田由紀による造語である。
（2）岡島紳士＋岡田康宏『グループアイドル進化論　「アイドル戦国時代」がやってきた！』（二〇一一年）には、「アイドル戦国時代」というのはＮＨＫの音楽番組『MUSIC JAPAN』でアイドル特集が放送されたのをきっかけに使われ始めたと書かれている。
（3）もちろん、このような要素もあるが、朝井リョウはインタビューでアイドル番組を幼い頃から好んで見ていたことも執筆理由として挙げている。
（4）「朝井リョウが語る、小説執筆の心構えと自己愛との向き合い方「経験より『勇気をもって書く』のが重要だと実感した」」Real Sound　二〇二〇年五月（https://realsound.jp/book/2020/05/post-547354.html）

第四章　システムとしての存在——村田沙耶香論

■村田沙耶香という脱人間主義的な作家

様々な価値観が認められる多様性の時代は、その寛容さの反面、自己を表出することに鬱屈を感じざるを得なくなる。前章では朝井リョウという、現代を括弧付きで「象徴」している作家の作品を見ていき、この鬱屈はどこから来るのかを分析した。また朝井リョウという作家の在り方自体もこの抑圧の影響を受けていることを指摘した。すなわち脱人間主義化していく人間に課された〝ディストピア〟の中での心性である。

さて、次に取り上げたいのは村田沙耶香だ。二〇一六年に『コンビニ人間』で芥川賞を受賞し、一躍「時の人」となった。彼女の作品は「脱人間」という言葉で形容するにふさわしいものだと僕には思われる。彼女が描くものは一般的な「人間」とは離れた考え方を持つ登場人物が多いからだ。また作品内の視点人物たちも自分のことを「化け物」や「動物」と喩《たと》えることが多い。人間ではない人間＝脱人間的だということはここからも言えることである。

しかし村田作品もただ荒唐無稽な人間を書いているわけではない。作品の中には共通する主題がある。そんな彼女が描く人間像をよく見ていくと、自身の苦しみの中で多くの人たちをその苦しみから救うための作品を書いていることがうかがえる。

■抑圧の中でどう生きるか

村田作品では「女の子」が多く中心的に描かれる。彼女たちは社会の様々な部分において、ある種の抑圧を感じている。「抑圧」は朝井作品でも指摘した重要なポイントだが、村田作品も同様だ。

例えば『マウス』は朝井作品でも見られたような学校を舞台に、そこでの抑圧の様子が描かれる。『マウス』は少女・律《りつ》の視点で進んでいく物語だ。小学五年生に上がったばかりの彼女は、クラス替えのあと自分の居場所を探すことに神経を研ぎ澄ます。「私は内気な女子です、と無言で訴えながら」目立たないように教室に馴染もうとする。なるべく教室の中で浮かないように自分のポジションを常に意識しながら接する相手を吟味している。例えば給食配膳の担当になった時もいつもご飯が余りすぎたり多く配りすぎたりしないようにする。また皆が楽しそうにしていればいるほど、邪魔をしないような相槌《あいづち》を打っている。律は教室という様々な人間がいる中で、なるべく自分を消している少女なのである。

本作は律の視点で描かれるが、ここで中心となるもう一人の人物が瀬里奈《せりな》という女の子だ。瀬里奈は小説の初めではいつも臆病で何かあるたびに泣き出してしまう。彼女は大学生になって小学校の頃を思い出して次のように語る。

「私、小学校のころ、いつも、泣いていたでしょ。空間、で言うなら、学校って私にとって最悪の空間。うるさいし、いろんなこと強制的にやらされるし、家にいるときみたいに自由でいられない。変なもの食べさせられるし、教室なんて大きらいだった」

（『マウス』）

二人はともに、その感情の方向性は違うが、学校という場所に対して息の詰まる感覚がある。また他に律のバイト先の同僚も「小中学校の知り合いとか、私、絶対、会いたくない」と述べている。律や瀬里奈以外の登場人物もこのようなことを述べるところを見る限り、本作を通してそのような感性を中心に置いて描いているのは間違いないだろう。

『しろいろの街の、その骨の体温の』（以下『しろいろ』）も学校を舞台の中心とした物語だ。小学四年生の女の子の結佳《ゆか》は、『マウス』の律と同じようにクラスでも目立たないようにしている。同じ習字教室に通い仲良くなっていく伊吹という同学年の男の子とも、噂《うわさ》になるのが嫌だという理由で学校では口を利かない。また後半では結佳が中学校へと進んだ様子が描かれるが、そこでは彼女の視点からクラス内のグループの様子が、〝上〟と〝下〟といった形で語られる。これは朝井作品で論じたようなスクールカーストであることは明らかだろう。結佳はクラス内で五つあるグループのうちの下から二番目の「大人しい真面目な女子」のグループに所属している。

小学生の頃は、私たちにはここまできっちりと値札は貼り付けられていなかった。女の子同士の値段のつけ方は、もっと曖昧だった。男の子の目からも値段付けが行われるようになったこの中学校の教室は、あの頃よりずっとシビアだった。

（『しろいろ』）

中学校は小学校よりもシビアに、自分の価値を学校内でつけられていく。そこにいる人間たちは、意識的にせよ、無意識的にせよ、その価値観の中で過ごしていかなければならない。少なくとも視点人物である律や結佳はそのことに自覚的であり、『マウス』では教室内の華やかなグループの輪に入ることを「出世」と呼んだり、『しろいろ』では周囲の人間たちが自分のポジションどりに必死になる様子が結佳の視点から観察されていく。

学校は楽しいものではない。どちらの作品も生活していく上で息苦しい場所として描かれる。では『マウス』、『しろいろ』の双方ともに、この息苦しさを生み出す状況に対して彼女たちはどのように対応しているのか。

結論を端的に言えば対応していないのだ。基本的にその状況を受け入れた上でやり過ごそうとしている。抑圧に対して抵抗するわけでも、学校という空間から逃げるわけでもない。その状況を冷静に分析した上で自分の居場所を作るということに徹するのである。

実際の小学校・中学校も、多くの子どもたちにとっては必ず受け入れざるを得ない確固たるものとしてある。「学校」という場所は、抗えず、決して変えることのできないものとしてあり、息苦しさを感じる者はその中でどうやり過ごすかを考えるしか方法がないのだ。そのありようを村田作品はまざまざと描き、朝井作品でも同様の様子が見られた。

また彼女の作品には「学校」という場所以外にも、息詰まる感覚を抱くものがいくつかある。例えば「家族」／「母性」などだ。

『タダイマトビラ』は恵奈《えな》という女の子の視点で描かれる。彼女の母親はおよそ「母性」と呼ばれるものがなく、恵奈や弟の啓太に対して「かまう」ということを行わない。例えば啓太がトラブルを起こした時も、怒りも慰めもしない。「家族」の食事を作ったり、それ以外の家事を行ったり、子どもが他人に何かをした時にはトラブル相手に対して謝ったりはする。だが、それも一つの仕事としてこなすに過ぎない。母親は「なんで皆、自分の子供のこと、そんなに大切なんだろうね」と恵奈に言い、夫には「産んだからって、どうして必ず愛さないといけないの？」と言う。また父親もほとんど家にいない。そんな家庭で育った恵奈は、ここは「仮の家」と思い、「本当の家」を目指している。大人の形になり、やがて来るハッピーエンドを夢見て、「ただ生き延びている」だけだと述べる。

『タダイマトビラ』ではこのような「家族」に対して面白い表現を使用している。それが「システム」という言葉である。


一度、ふと思いついて、辞書で「家族」を調べてみたことがある。

（中略）

私は挑むように睨みつけながら、「家族」の下に書かれた文字を読み始めた。

「血縁、婚姻などによって結ばれた小集団」

そこに書かれていた文章は、漠然としていて私にはよくわからなかった。その隣にならぶ「家族制度」という言葉が気になり、「制度」を辞書で調べた。

「社会的に定められているしくみ。」しくみ、を辞書で調べ、文字の中を旅していると、「システム」という言葉にぶつかった。

「システム。システム」

私はその金属のようなひんやりとした言葉を、小さな声で繰り返した。そうか、家族はシステムなんだ。その機械的な響きが気に入って、私は何度も呟《つぶや》いた。そうすると、母や父が機械仕掛けのように自分たちに食べ物やお金を与えていることがとても可笑しく思えた。

(『タダイマトビラ』)

自分の家族を「仮の家」と思っている視点人物である恵奈は、家族というのはシステムであるということに納得している。つまり「システム」ということは、その状況に対してその中にいる人間たちはある意味部品であり、決められた役割に従って動くものだという解釈をする。このシステムという無機的な言葉は恵奈の家にはしっくりとくる。恵奈の母はいわゆる「母性」はないが、仕事として娘や息子を養い家事を行う「母親」である。恵奈の父はほとんど家にはいないが「父親」として存在している。このような家族であっても「家族」としか呼びえないのは「家族」が所与のものとしてある枠組み＝システムだからだろう。

またそれは『タダイマトビラ』のみに描かれる考えではない。「学校」や「家族」は基本的には抗えないものとして、村田作品では描かれている。そして彼女たちは抵抗するのではなく、その中で動く一つの部品としてどうにかやり過ごしながら存在していた。つまり基本的に村田作品の「女の子」たちにとって「システム」は変えられないものとしてあり、自分たちはその中の機械的な部品の一つとして存在している、という感覚を有している。[1]

■システムとしての身体・性

さて、もう一つ村田作品で重要なのは「身体／性」のテーマである。村田の作品は、ジェンダーという視点から読み解かれることが多い。例えば日本文学研究者の黒岩裕市はアメリカの哲学者ジュディス・バトラーのジェンダー規範に関する論を援用し村田作品を論じていたり、[2]同様に日本文学研究者の飯田祐子もジェンダー・クィアスタディーズの視点から彼女の作品を読み解いている。[3]

デビュー作『授乳』の文庫解説でライターの瀧井朝世は次のように述べる。

> セクシャリティを感じさせない相手と共存することで、彼女たちはまるで、自分が生身の女であることを拒否しているかのようだ。他の村田作品を読んでみても、そこには女であることの強烈な拒絶が感じられる。たとえ男女の性交が描かれるものだとしても。
>
> （『授乳』）

『授乳』は表題作と「コイビト」、「御伽の部屋」の三編が収録されている。それぞれ女性が主人公で、「人ではなく、むきだしの物質という感じがする」先生、ハムスターのぬいぐるみであるホシオ、「頭からつま先まで整理整頓が行き届いているよう」で相手のしてほしいことをよく理解している関口要二との関係を描き、それらが瀧井のいう「セクシャリティを感じさせない相手」ということになる。このような人物たちとともに過ごすことによって、それぞれの主人公が自分の女性性を否定しているということだ。このように村田作品の中では、「性」というのは初期の作品から着目されるものとして存在しているのである。

では彼女の描く「身体」や「性」はどのようなものなのか。このテーマにおける重要な作品が、『ハコブネ』と『星が吸う水』だ。

まず『ハコブネ』から見ていこう。本作は二人の視点人物によって描かれるが、そのうちの一人である一九歳の女性・里帆《りほ》は男性との性行為が辛いと感じている。自分が好意を抱いている男性に対してもそうであるため、余計に悩んでいる。またどこか「男性的」な振る舞いをするためにバイト仲間との飲み会では、いわゆる「女性」としてより「男の子」のように扱われている。そのことで里帆自身、精神的に楽になっているが、そのような感覚があるために自分の「性」に対して違和感も持ち続けている。そして、自分の「性」は一体どのようなものかを模索しようと男装をしたり、書物で自分に当てはまるものを探してみたり、女性と性的な関係を持とうとしたりしていく。しかし、それでも彼女の中の違和感が解消されることはない。里帆の身体は、外部の規範（女性／ＦｔＭ／ＦｔＸ／無性など）のどれにも当てはまらないのである。

本作には、もう一人の視点人物・知佳子の友人として椿という三〇代の女性が登場する。彼女は里帆がバイトをしているファミレスによく来る女性で、里帆と関わるようになっていく。そんな椿は「女らしさ」に強くこだわりを示している女性で、化粧や服装も「女性らしさ」を強く出しているのだ。しかし、中学生の時にその美しさゆえに同性に妬まれることがあった。つまりその経験では女性であること（＝「性」規範）による嫌な面をありありと感じている。しかし椿はそんな妬みに対しても「綺麗でよかった」と述べ、女性性をより強くまとうのである。

この対照的な二人、里帆と椿はある示唆を僕たち読者に与える。それは里帆のケースにせよ椿のケースにせよ、女性や無性などの考え方自体がすでに社会的に与えられた「固い」枠組みであるということである。里帆も椿もその枠組みゆえに苦しみ、里帆はその中で模索し、椿はその中で生きていくことを選んでいるのだ。そもそも我々のほとんどはそのような与えられた分類に疑問を抱かず、そこに当てはまるように振る舞っている。つまり『ハコブネ』の里帆にとって、「身体／性」にまつわる既存の概念は、『マウス』や『タダイマトビラ』で描かれた「学校／家族」というものと同様に、不変的で固いシステムであるのだ。

もう一つの作品である『星が吸う水』は表題作と「ガマズミ航海」の二作が収録されているが、双方ともに「性行為」の問題を扱ったものである。

表題作「星が吸う水」は、二九歳の鶴子という女性を中心に描かれる。鶴子は性的欲求が高まると男性のような勃起感を覚える。それを「抜く」ために性行為をし、自身の欲求を満たすために「一応恋人ということになっている」武人《たけと》と性行為をする。だが、友人の梓はそれに対して忠告する。彼女曰く、そのような男は鶴子を利用しているだけで、責任を取る気ゼロだと。

また女は自分をいかに高く売るかということを考えなければならず、女であることを利用しなくてはいけないと述べる。しかし、鶴子は梓の発言を上手く理解できず、鶴子のためを思っている梓と喧嘩《けんか》してしまう。

鶴子は自分の性指向について柔軟に考えているが、梓は女であるということに対して凝り固まった考えを持っている。これも『ハコブネ』のように対照的な構図である。鶴子が厭《いと》うのは「性概念」の社会的な規範なのだ。鶴子は自分が行う自慰に対して次のようなことを思う。

自分のプライベートな排出行為を、相手の脳の中に出来上がった、凝り固まった性概念の一部とされるのが鶴子には我慢できなかったのだ。

（『星が吸う水』）

自分だけの「性行為」、また「性概念」とは何か、という問いかけ。鶴子はただ自分の欲求を発散したいというわけではなく、他の人とは考え方が違う自分の身体の在り方と世間とのズレの感覚が一体何かを考えながら行動する。だからこそ、梓のような一般的な見方とはどこか大きく乖離《かいり》しているように見えるのだ。

また「ガマズミ航海」も自分たちだけの性行為を探す二人の女性の物語だ。彼女たちも、恋人との性行為に違和感を覚えている。二人は試行錯誤をして自分たちの性行為を模索し、それを「セックス」ではなく「ガマズミ」という言葉で表すのである。『星が吸う水』では「性概念」がいかに社会的な手垢にまみれているかを感じさせるようになっており、同様に性行為も規範化されているものなのだ。

他にも『早稲田文学増刊　女性号』に掲載された小説「満潮」では、女性の「潮を吹く」という行為に対して登場人物の一人はこう述べる。

「潮は、もう私たちのものじゃない。男が女の身体を楽しむためのもの。だから絶対に、私は一生、身体からそんなもの出さない。自慰だってそう。私は絶対に一生しない。それを無理矢理人の身体から引き摺り出そうとしたり、そういう話を想像して喜ぶ人たちの顔を絶対に忘れない」

（「満潮」『変半身《かわりみ》』所収）

性行為・性概念はすでに自分たちの身体とは切り離されたものとしてある。このように村田作品を見ていくと、「身体／性」というものも、社会的に規定されているものであり、それを与えられても上手く適応できない人間たちが苦しむ様子が描かれていることがわかる。

以上のように彼女たちは固く規定された既存の何かに対して苦しみを覚えている。朝井作品も同様だが、ディストピア的感性の萌芽の一端は、テクノロジーによるものだけでなく、このような生活面での生きにくさの部分から生み出されていくのだろう。

■柔らかい「私」

では村田作品はどのようにしてそのシステムに対応しようとしているのか。繰り返しになるが、基本的にシステムに対しての徹底対抗や破壊などは描かれない。やり過ごすことが通常のスタンスになる。それではどのようにやり過ごすのか。固いシステムを変えるのではなく、「私自身」を柔らかく変えていくのである。

『マウス』では学校という固いシステムの中で、主人公の律は息苦しさを感じていた。またそれは学校という場所だけではなく人間関係によって生み出されている仕組み（スクールカースト）から生まれるものでもあった。視点人物の律自身はなかなかその息苦しさを克服することができないが、同じように学校という場所が苦手だった瀬里奈は対照的に「出世」をし、煌《きら》びやかな存在になっていく。そのきっかけは律が小学校の時に『くるみ割り人形』を読んで聞かせたことによるものだった。瀬里奈はもともと頭の中で自分の世界に入ってしまうことがあり、外の世界に対して恐怖を覚えていたが、『くるみ割り人形』を聞かせられたことによって自分が作中に出てくるマリーのように気丈に振る舞うことができるようになるのである。

瀬里奈はその後、『くるみ割り人形』の本をたくさん購入し、必ず一日が始まる時にはそれを読む習慣をつけていく。そうすれば、一日中マリーでいられるからだ。瀬里奈はそのことで上手くクラスに溶け込み始め、もともとのスタイルの良さもあって、学校でも一目置かれるようになり、その後いわゆる〝上〟のグループの子たちにとりこまれるようになってくる。

律は大学へ上がっても周囲を気にして生きていく。そこにあるのはやはり息苦しさだ。対照的に瀬里奈は『くるみ割り人形』を読む生活を続け、イベントコンパニオンのバイトをするなど段々と華やかになっていく。また瀬里奈自身は特にそれを鼻にかけることもない。

私は小学校のころ、びくびくと掃除用具入れに逃げ込む瀬里奈を自分と似ていると思ったのだ。だから、「マリー」になりきって瀬里奈がどんどんとクラス内で出世していく様子が、どこかで小気味良かった。でも、瀬里奈と私は正反対の人間だったのだ。

(『マウス』)

本作の結末で、瀬里奈は『くるみ割り人形』を捨てて過ごそうとし、対して律は周囲を気にする自分をやめようとする。それぞれ空想の世界に入り込むことや周りを気にしすぎる自分自身を「乗り越える対象」として描く。本作のタイトル『マウス』は臆病者の象徴である律を表す言葉であるが、物語の終盤で律は「マウス」を辞書で調べた時のことを思い出す。「臆病者。内気な女の子……それと、かわいい子、魅力ある女の子」と。物語としては自分自身の内気さの乗り越えと、内気さをやり過ごすための空想世界からの脱出という爽やかな結論へと離陸していくのである。

また『マウス』の律同様に、周囲を気にしすぎている『しろいろ』の主人公・結佳はどうか。彼女は自分を守るために目立たないように過ごしていたが、最終的に〝上〟のグループに目をつけられて教室から孤立していく。そこで彼女が変わるきっかけとなるのが自分の中にある言葉を見つけることだった。
例えば体の大きさなどで教室内で馬鹿にされていたクラスメイトの信子がクラスの男子に対して怒りをぶつけ突進したり、摑《つか》みかかったりしていく。その様子を見て、結佳は「きれいだなあ」と思う。そしてその心が発した呟きに対して心が震えるのである。

美しい。初めて、教室に横たわっている定義に従うのではなく、自分自身の口からその言葉が零れ落ちたことに、私は少し呆然としていた。
その言葉は、私の世界をゆっくりとひっくり返していった。

(『しろいろ』)

彼女は周囲の価値観に合わせるのではなく、自分自身から自然と出てきた言葉に触発されて自己が変わっていく体験をしていく。言葉を受け入れることによって、世界自体も受け入れられるようになっていき、やがて臆病だった少女は自分自身も受け入れられるようになっていくのである。村田は学校という閉塞した固いシステムに対して、やはりここでも、抵抗ではなく自分自身の考え方を変化させて順応していくやり方を採用するのだ。
さて、学校という抑圧を生み出すシステムに対しては、村田作品はこのような解消の仕方を提示していった。では先に提示した「家族」や「身体／性」といったシステムはどうだろうか。ここでも、『マウス』にあった瀬里奈が行う脳内の空想世界の拡張や、『しろいろ』の結佳のような自分自身の思考の変化によって、世界をやり過ごすという方法論を進展させていく。

例えば『タダイマトビラ』の恵奈は「家族の愛情」がない分、家族に愛されたいという欲求を自分自身で満たすために、家族欲を満たすオナニー＝カゾクヨナニーを行っている。これはカーテンを意思があるものに見立て、脳内で自分自身のことを慰めてくれるような想像をすることだ。他にも食欲を満たすために匂いを嗅ぎながら噛《か》むふりをするショクヨナニーなどを行う。これらは彼女が言うには自分の欲望を自分で満たすような「工夫」だという。恵奈は周囲の世界を変革するのではなく、自分の脳内の世界を変革して現状に臨んでいく。本作のラストでは、恵奈は、人間を自分とは違う一つの生命体として捉えるようになっていく。これは『くるみ割り人形』を読むことによって脳内を変化させていく『マウス』の瀬里奈と同じことをしていると言えるだろう。

本作は最後に「家族」というもの自体を消し去っていく。一見するとそれは抵抗に見えるかもしれないが、そうではなく彼女の頭の中の「家族」という概念自体の変更による消滅なので、そもそもの「家族」の枠組みを変えたとは言えないだろう。

また「身体／性」を描く『ハコブネ』は「性」の揺らぎに悩む里帆とともに知佳子という三〇代の女性の視点で物語が進んでいく。知佳子は里帆と対照的な女性性を強く持つ椿の友人だ。彼女の視点は他の人と比べて超越しており、どこか遠く離れて様々なことを見ているかのようだ。彼女も里帆と同様に性行為に対して一般的な価値観とのズレを感じている。恋人ができた際も、性行為を行うが知佳子自身は欲望に動かされてではなく、やはり遠くでそれを見ているような感覚で行為をしている。またその様子に恋人の方も自分のことを本当に好きではないのではないかと悩み、別れることになる。

彼女の考え方は特異だが、そこについて彼女自身が悩むことはない。なぜなら知佳子は自分自身を「人間」として捉えるのではなく「星の欠片《かけら》」として認識しているからだ。

自分は人間である前に星の欠片で、そちらの感覚のほうが強いのだと思った。自分の隅々まで、自分が星であるという感触が行き渡っていた。

（『ハコブネ』）

知佳子はこのような自認をし、恋人＝人間との性行為が上手くいかなかったため、自分自身の性行為は異性とのものではなく、星とするものではないか、と考えるようになるのだ。

そんな知佳子は里帆の「性」に対する悩みを聞くことになる。知佳子は自分が今まで調べたことのある性（ＦｔＭ、ＦｔＸなど）の話をし、里帆はどこに自分が当てはまるのかと質問する。そこで知佳子は次のように述べる。

「それじゃ、今までと同じだよ。里帆ちゃんが見つけるんだよ。既成のものにはまり込むんじゃなくて。女性であることが辛くて、女性ではない性別になりたくて、でも男性になりたかったわけじゃない人、そういう人がたくさんいるから、こういう言葉ができたんだよ。その人たちは、この言葉を作ったんだよ。里帆ちゃんも、作らなきゃ。もっと柔らかく考えていいんだよ」

（『ハコブネ』）

「性」は柔らかいものであり、万人が既存の枠に当てはまるものではない。だからこそ様々な性自認があるが、そのどれかに当てはめるのではなく、自分自身の「性」を作ればいいと述べている。

一見、荒唐無稽に聞こえるかもしれないが、本作でこの発言をしている知佳子自身が事実、どの性にも当てはまらないような性指向を持っている。人間ではなく星とのセックスを行う知佳子は自分自身をそんなふうに、人間という枠組みから離れた存在として自己規定する。一般的な人間が考えるような観点から逸脱した考えを持った知佳子からの言葉だからこそ説得力がある。

脳内の変化による世界への対応は他にも短編である『丸の内魔法少女ミラクリーナ』でも描かれる。これは自分自身の脳内の世界を変化させて社会のどうしようもなさに対処しようとする物語だ。三六歳で会社員のリナは、子どもの頃からテレビの魔法少女に憧れていた。そんな彼女は小学生の時に、同級生のレイコとともに魔法少女になり、それぞれミラクリーナ、マジカルレイミーとなって仮想の敵ヴァンパイア・グロリアンを倒すために戦っていた。もちろん、ごっこ遊びである。大人になり、レイコはそれに恥ずかしさを覚えるが、リナはミラクリーナに変身するイメージを捨てていなかった。リナは職場で嫌なことが起こると敵のヴァンパイア・グロリアンの罠によるものだと想像し、仕事を素早くこなすという日常を送っているのだ（もちろん、本人たちはそれが「イタい」ことだということも理解しているのだが）。村田のこの脳内の改変による世の中への対応は、近年の作品では一貫して見られるものとなっている。

「固い社会通念＝システム」に対して「柔らかい自己」で向かい合う。『殺人出産』は一〇人産めば一人殺せるという世界、また第二章でも触れた『消滅世界』は「セックスも家族概念も消えていく」という世界を描き、その中で順応していく人物たちを中心に物語が進められていった。『生命式』は「人が死んだらその肉を食べて、受精相手を探して受精をする」ことが常識化した世界が描かれていた。それらはどんなおかしなシステムでも、人間は自分の脳を改変し、上手く適応することができるということを示唆している。

加えるならば、システムの固さ、またそこに対しての無抵抗というのは、現代において重要な事象である。イギリスの批評家マーク・フィッシャーが二〇〇九年に著した『資本主義リアリズム』（邦訳版は二〇一八年）では現在の後期資本主義的状況を分析している。イギリスの学生を観察していた筆者は現在の若者は「再帰的無能感」を共有しているという。そして「事態がよくないとわかっているが、それ以上に、この事態に対して為す術がないということを了解してしまっている」状態の中で、学生たちは政治に対して無関心で、運命を諦めて受け入れてしまっているかのようだと述べる。村田作品の登場人物たちもこの感覚をどこか共有している。

■脱人間と救済の文学

村田沙耶香の描くこの世界での生存戦略は、自己を柔らかく改変していくということだった。人間の柔らかい脳を用いて、周囲の認識自体を変えていくことによって対応していく姿が、作品を通して見えてきた。

だがそこで終わるなら、小説という特殊な体験をもとに、個人の意識の変革を促すことが解決であるという、いささか陳腐な結論で終わってしまう。村田作品はそこでとどまらず、その先へと思考を進めていく。それが他とは違った視点を推し進めていった先の「新しい人間像」となる。

例えば先に挙げた『タダイマトビラ』の恵奈はシステムをやり過ごすために自分の脳内で工夫をしていった。そして彼女の最終的な思考の行きつく先は、人間を人間として認識するのではなく、ホモ・サピエンス・サピエンスという生命体として捉えていく。自分自身を含めた人類をそもそもそのシステムの中で家族欲を満たすカゾクヨナニーをしている生命体だと認識していくのだ。また『ハコブネ』の知佳子も人間とは違う「星の欠片」として自分を捉えていく。

このように村田作品では「人間の外へ脱する」＝脱人間へと至ることが物語の中心になっているケースが多い。その極北が『コンビニ人間』や『地球星人』、『変半身』だろう。それぞれ順番に見ていく。

『コンビニ人間』の主人公の古倉恵子《ふるくらけいこ》は、世界の「常識」や「ルール」がわからない。世の中の暗黙の了解や「空気感」などが理解できないのである。恵子にとって、それらは「見えない」からこそ「わからない」。それを誰にも教えてもらえないので、世界と自分のズレを感じている。そのためマニュアルがあり、どのような時にどのような振る舞いをすればいいのかが明瞭なコンビニは、恵子にとってわかりやすい場所であり、世界の「部品」として世界と自分のズレをなくすための場所になっているのである。

物語が進んでいくと、周囲からの意見もありコンビニ店員をやめて就職活動をすることになるが、結局最終的に恵子はコンビニへと戻る。そちらの方が居心地よく過ごせるのだ。そして恵子は就職活動することを促した付き合っていた男性に「気持ちが悪い。お前なんか、人間じゃない」と言われる。しかし彼女は特にショックを受けるわけでもなく、自分がコンビニのために存在していると思うと意味のある生き物であると感じている。

「コンビニ店員」は「人間」と少し違う。コンビニの「音」が「声」に変わっていくように、[4]コンビニと自分がさらに同化していった先に「人間」とはかけ離れた生き物として存在している。しかし、脱人間化することに恵子は鬱屈を覚えていない。むしろ、そのことによって自己を規定し、世界に馴染むのである。

次に『地球星人』を見ていく。本作は奈月《なつき》という小学五年生の視点から始まる物語だ。奈月は魔法少女で（そう思い込んでいて）、持っているぬいぐるみのピュートは「ポハピピンポボピア星」からやってきて奈月に力を与えている（という設定になっている）。彼女は例えば「消える」という魔法をピュートに習っている。その魔法を使うと家族から気配を消し、奈月を含めた四人の家族は奈月を外した三人の家族になることができるのだという。彼女の視点は独特で、人間世界を自分とは違うものとして捉えている。

彼女は毎年田舎の親戚の家へ行くのだが、そこに住むいとこの由宇《ゆう》にだけこの秘密を打ち明ける。由宇は奈月と恋人同士になるという約束を結ぶが、そんな由宇も自分は宇宙人なんじゃないかということを奈月に話す。二人は互いにこの星に住む人間とは少しズレている感覚を持ち合わせているのだ。

奈月はやがて様々な「抑圧」を受けて大人になっていく。他の作品で見てきたような家族からの虐待をはじめ、塾の講師からの性被害などを受けていく。そこで彼女は先ほどの「魔法」を使い、自分の感覚を消す「幽体離脱」を行い自分の感覚を離れたところで眺めるようにし、性暴力を行った講師を殺すことを自分の使命だとピュートにしゃべらせる。最終的に奈月は自分が人間＝地球星人ではなく、ポハピピンポボピア星人だと自認するようになるのだ。

その後年月が過ぎ、奈月は三〇代になる。しかしやはりここでも自分のことをポハピピンポボピア星人だと認識している。彼女はいつか地球星人に洗脳されて、自分も地球星人と同じ価値観で生きることを夢見ているが、結局できない。彼女は宇宙人の目をもって人間＝地球星人を見ていくことになる。彼女と久しぶりに再会した由宇、また奈月の夫の智臣もそれぞれ地球のルールとズレた存在だったためポハピピンポボピア星人になって暮らすことになるのである。

また『変半身』という作品では、主人公が自分の村で行われていた暴力的な祭りに対して疑念を持っている。しかし、その祭りが実は古い歴史などなく、比較的新しく作られたものだということを知る。それを神聖なものだと信じ込んでいた主人公たちは愕然《がくぜん》とするのである。物語はそんな人間の騙《だま》されやすさを戯画的に描いていくが、最終的に本作では人間の営みも「ニンゲン」という大きい祭りによって行われていたと説明される。人間たちはもともと「ポーポー」という生き物であり、人間ではないということが描かれていく。

「私たち、もうモドっているのよ。ずっと前から私たち、こういう生き物だった。それだけは信じられる。そうでしょう？」

（『変半身』）

自分たちが信じ込んでいたものが、いかに脆《もろ》いものかを突きつけるラストになっている。近年の村田作品はこのように、人間の認識そのものを疑い、人間の常識自体が別の角度から見ると歪《いびつ》なものであるという視点を描く。そんな「脱人間」の視点を、僕たちに小説を通して体験させているのだ。そして小説を読む読者はこの脱人間としての疑似体験によって、そのような「目」を獲得し、いかに目の前の苦しみや生きにくさが馬鹿馬鹿しいものかを感じていく。

村田が描く脱人間＝化け物的なものは、救済として機能する。不変的なシステム自体の改変や再構築へと向かうのではなく、そこに順応し歯車の一部として生を送る。また「歯車としての自己」＝脱人間を受け入れるために自分の認識を改変して現実に臨む。村田が作品中で主人公の考えや気持ちを記すのに「心」ではなく「脳」という言葉を主語として置くのは、そんなふうに唯物的に自分自身の実存、ひいては人間を捉えているからであろう(5)。彼女の生存戦略は現在の再帰的無能感を起こす「資本主義リアリズム」の世界観の中では賢い方法と言えるだろう(6)。

しかし、忘れてはいけないのは、村田の描く脱人間は周囲と没交渉になってしまう可能性があるということだ。『コンビニ人間』、『地球星人』の主人公たちは、自分の世界を突き抜けることの幸せと引き換えに、人間をやめてしまうことによって、人間特有の息苦しさを忘れてしまう。確かにそれは、歪ではあるものの息苦しいシステムの中で個人として生きるには、この上なく僕たちに希望を与えてくれる。だが、もちろんそれはあくまで極端な例であり、少なからずそこに歪さを感じてしまうのは、村田が描く脱人間があくまで思考の限界を超えてしまった、言ってみれば「振り切れた」ものだからだろう。

(1) 村田沙耶香作品の「システム」についての言及は、村田作品全体を論じた冨塚亮平「喪失なき成熟 坂口恭平・村田沙耶香・D.W.ウィニコット」(限界研編『東日本大震災後文学論』二〇一七年)でもされている。

(2) 黒岩裕市「「性別」を脱ぐ、「性別」を着込む 村田沙耶香『ハコブネ』とジェンダー規範」(『現代思想』二〇一九年三月臨時増刊号「総特集・ジュディス・バトラー」)

(3) 飯田祐子「村田沙耶香とジェンダー・クィア 『コンビニ人間』、『地球星人』、その他の創作」(『JunCture:超域的日本文化研究』10「特集・ジェンダーズ」)

(4) 呂衛清・安部智子「「音」から「声」へ 村田沙耶香の『コンビニ人間』を読む」(広島大学大学院文学研究科総合人間学講座編『比較日本文化学研究』10)では、『コンビニ人間』で描かれる「音」と「声」の描き方を考察している。

(5) 自身のエッセイ集にも『となりの脳世界』(二〇一八年)というものがあり、自分が感じたことを心ではなく、脳の活動として捉えているようだ。

(6) 原英一「文明と闇 メレディス、コンラッドからハン・ガン、村田沙耶香まで」(『コンラッド研究』一一号)では村田作品を情報が中心的に流通するポストフォーディズム(後期資本主義)の文学として論じていたのは示唆的である。

第五章　「個人」の変遷と解体――平野啓一郎論

ここまでSF的なディストピア・フィクションの状況から、朝井リョウ、村田沙耶香といった現代の僕たちの生と繋がるような作家たちの作品を見てきた。朝井作品では周囲から見られているという認識の上で自分自身をどう構成していくのかを模索している人間像が描かれ、村田作品では「学校」や「家族」などの固いシステムに対して「私」自身を柔らかく変えていこうとする人間像が描かれていた。

さて、二人の作品はともに、「私」をどう構成し直すかが主題となっている。朝井リョウは「見られる私」を意識して振る舞い、村田沙耶香は世界や社会に対して反発や抵抗をするのではなく、同化した上で自分を変化させていく。

そして、そんな「私」を変化させるということを、主張し続けている作家が平野啓一郎だ。

■平野啓一郎の「分人」概念

平野は「分人」と呼ばれる概念を「主義」という言葉を接尾語にして打ち出している。分人とは一人の人間の在り方を一つと定めるのではなく、人間には様々な側面がありそれを全て含めて自分が構成されているというものである。

そもそも「分人」という概念は哲学者ジル・ドゥルーズが一九九〇年に発表した「追伸　管理社会について」（邦訳は一九九二年刊『記号と事件　1972-1990年の対話』に収録）という文章に端を発する。ここでドゥルーズは様々な引用の中で現代社会が「規律社会」から「管理社会」になっていることを指摘し、そこで「可分性」（＝dividuels）について述べる。規律社会は、学校や工場といった場所でその独自のルールを教え込む。それに対して、管理社会は企業などが一生を通して個人のあらゆる情報の数値化を行い人間を統制していくものと述べられている。例えば企業のマーケティングなどによって、生涯にわたり人間を管理していくような社会である。この文章内の「可分性」という言葉でドゥルーズが想定しているのは、その分析対象として数値化・データ化された人間だ。細かく分析をしていった先に個人に収斂《しゅうれん》するわけではない、可分的な存在として人間があるというのである。三〇年以上前の議論であるが、当時より情報化社会が高度化している現在、この指摘の重要性はより増しているだろう。そしてこの「可分性」こそ「個人」に対する「分人」にあたるものである。

ここで述べている「分人」（dividual）は「個人」（individual）という言葉に対するものだ。「individual」＝「個人」は「divide」（分ける）という動詞に否定の接頭語の「in-」をつけて「これ以上分けられない」という意味になっている。ドゥルーズは「分人」を、現在の管理社会では分けられない「個人」ではなく、一人の人間自体が細分化していくような存在になっていくという意味で使っている。(1)

では平野が提唱している分人主義とは何か。

彼の小説内にもその言葉は出てくる。例えば『ドーン』、『かたちだけの愛』、『空白を満たしなさい』などは「分人」が中心的な主題として扱われている。様々な彼の発言でもこの「分人主義」という言葉が多用されている。

この考え方を一番わかりやすく説明しているものとして挙げられるのは平野が書いた『私とは何か「個人」から「分人」へ』（以下『私とは何か』）という新書だろう。そこでは次のように述べている。

分人とは、対人関係ごとの様々な自分のことである。恋人との分人、両親との分人、職場での分人、趣味の仲間との分人、……それらは、必ずしも同じではない。

分人は、相手との反復的なコミュニケーションを通じて、自分の中に形成されてゆく、パターンとしての人格である。必ずしも直接会う人だけでなく、ネットでのみ交流する人も含まれるし、小説や音楽といった芸術、自然の風景など、人間以外の対象や環境も分人化を促す要因となり得る。

（『私とは何か』）

平野は本書で自身の学生時代に経験した周囲に合わせて自然と自分を変えていった体験などを交えながらこの分人概念を紹介し、誰しもが必ずその人や場所に合わせた振る舞いをしていると説く。本当の自分が一つあって、それを偽って他者と接しているという従来の「個人」モデルでは、この「周囲に合わせる」という実例はあくまで偽りのものであって、自分を欺いているということになってしまう。しかし、「周囲に合わせる」ことは人間の本来的な性質であり、今までの「個人」という概念を更新し、人間を扱う単位を「分人」として考えようと平野はしているのである。

彼が本書のあとがきで「日々の生活の中で、恐らくは、多くの人が漠然と感じているはずのことに、簡便な呼び名を与えたかった」と述べるように、これは誰もがなんとなく感じていることでもあるだろう。確かにそれに対して明確な輪郭を与えたという意味合いは大きい。しかし、平野がこの「分人主義」という言葉を用いたのは、日常生活の違和感を言語化したというだけではない。彼の意図はもう少し大きなパースペクティブのもとで捉えられるべきものである。

そして、これは「擬人化」する「私」を考える上で重要なのだ。どういうことか。少し遠回りになってしまうが、日本文学の大まかな流れの中で平野の作品を参照しながら考えていきたい。

■個人主義と小説のゆくえ

「分人主義」という概念をなぜ平野は提唱しているのか。先ほどの説明だけならば、自己啓発的にも捉えられてしまいそうなものだが、そもそもなぜ小説家たる彼がそのようなことを打ち出すのか。近代以降の「小説」というものの変遷をたどるとその輪郭が見えてくる。

「分人」という言葉は「個人」との対比として扱われていると書いた。ここでの「個人」は近代以降の「個人主義」における「個人」であろう。『私とは何か』の中でも「個人」というのは、西欧から日本に輸入された概念であり、西洋文化に独特のものだったと書かれている。またその考え方には一神教であるキリスト教の信仰と論理学が関わっていると平野は述べる。言い換えると、個人主義は近代化によってもたらされたイデオロギーなのだ。個人という概念は近代民主主義の基盤となるものである。明治時代の西欧化はこのような基本的な考え方を輸入し、日本という近代国家を作るために腐心していく。

当時の小説家たちは多かれ少なかれこのような近代化の流れに対応した作品を書いてきた。そこには様々な運動があるが、「主義」として例をとるならば、自然主義やロマン主義がそれにあたる。現実をありのままに描くことを小説の至上とした自然主義に対して、人間の感情や空想、個人の心情にスポットをあてたのがロマン主義だ。二つの主義は相反しているが、小説を近代科学的理性の埒内《らちない》にあるとして扱うものと、小説で近代の自由な個人を描いたものという、いずれも近代の問題に帰すことができるだろう。

そのうちのロマン主義は合理主義や連綿と続いてきた歴史体系などの理性的なものに対する反発として、個人の心情や空想などを軸として描く。いずれにせよ「私」という「主体」が中心となっている。

平野啓一郎は大学在学中に執筆した『日蝕』でデビューし、同作が芥川賞を受賞した。文体は擬古典的で現代ではあまり馴染みのない形式で書かれており、内容は一五世紀末のヨーロッパの錬金術や神秘主義を扱ったものである。幻想文学に分類される本書だが、文壇からその形式や内容の衒学《げんがく》性に対して批判的な意見も出されていた。しかし、神秘主義とは神秘を理性ではなく個人の内面で直接体験することから生まれる。つまりこれはロマン主義的な発想で描かれている作品なのである。
また同様に『一月物語《いちげつ》』の舞台は明治三〇年、詩を作る井原真拆《いはらまさき》が主人公の小説だ。彼は神経衰弱になり旅をしてそれを慰めている青年である。この青年はまさに西欧化による自我の芽生えに悩む人物だ。

真拆は、西洋の自由主義思想に触れた時、初めて自分が、儒教的《じゆきよう》な族長制度の倫理《りんり》を脱《だつ》し、仏教的な寂滅為楽《じやくめついらく》の理想を排《はい》して、個人として生き得《う》る道を見出《みい》だせたような気がした。自分を織り成す社会と自然と云う二色の糸を解いてしまった後に、猶南京玉《なんきんだま》のように残る個と云うものの存在を発見して驚喜《きようき》した。それが純粋《じゆんすい》に一つの価値を有する世界を想った。己《おのれ》の情熱が、己のものとして成就《じようじゆ》する明日を想った。
しかし、次第に、自我と云うものの苦痛に悩《なや》むようになった。

（『一月物語』）

明治三〇年は、文明開化の時期を経て近代化・西欧化の流れが押し寄せている時代である。大学に通う教養人の真拆はこの近代化による自由主義思想も理解していたのだろう。そしてその旅をしている中で様々な幻想的な体験をしていく。山中に入った時に毒蛇に足を嚙《か》まれ、ある老僧に助けられるが、そこで美しい女性の夢を見るようになる。その後、その幻想の女性にまつわる不可思議な話を聞きつつも、恋焦がれるようになっていくというのが大まかなストーリーである。

批評家の渡辺保による本作の文庫解説には、「二十一世紀の、合理主義に行き詰まった文学が、再び神話を必要としている」ために、平野はこのような神秘的な作品を書いたのではないかとある。『日蝕』では西洋、『一月物語』では日本に関することを書いており、共通性が見出しにくいかもしれない。しかし、いずれにせよ近代のロマン主義的な発想がここにはある。

また一九世紀の作曲家であるショパンと画家ドラクロワの交流を描いた『葬送』の舞台はロマン主義全盛期の時代だ。当時の芸術家は宗教的なバックボーンからではなく、自分自身の内面の発露のための表現を志向した。二人の芸術家をめぐる物語を紡いだのは、前二作と同様、このような近代以降の個人主義を見つめるためであろう。

平野自身も、この三作をもって「ロマン主義三部作」と呼んでいる。彼の初期作品は一見すると幻想的な文学や高尚な何かを描きたいという志向のもとに書かれたもののように思えてしまう。だがそうではなく、実は近代初期のロマン主義という言葉の中に潜む「個人」の問題を問うていたのである。

平野がなぜ現代においてこのようなロマン主義的なものを書いたのか、というのはのちほど確認するとして、いずれにせよ「個人」とは何かという問題意識がデビュー当初から彼の中にあったのは疑いがない。

さて、今一度、日本の近代文学の歴史的な流れに戻ってみる。日本の自然主義やロマン主義などの作家は、近代化による影響を受けた上で小説を作り上げていったわけだが、「個人」の概念も西欧からの輸入物であり、近代以前から続く日本の伝統的な「私」の在り方とは異質なものだった。そのため、やはりそこにはある種の歪《いびつ》さが生まれてしまった。そして小説家たちはその歪さを鋭敏に感じ取っていた。例えば明治の代表的作家である夏目漱石や森鷗外はそんな時代の「私」＝近代的自我、また近代の個人主義に対して違和感を抱き、それを小説内の問題として扱った。つまりそもそも日本の近代小説の中には「個人主義」の問題がすでに入り込んでいる。「西欧」から輸入された「個人」という概念はもともと異質なものとして存在しており、それと「日本」にいる「私」の実感とどう折り合いを付けていくかを考えたのである。

しかしその後は日本と西欧の葛藤という図式は、徐々に後景化していくことになる。小説家たちは西欧化＝近代化を受け入れ、かつて漱石や鷗外が苦悩した近代個人主義を血肉化していく。例えば白樺派は「人格の陶冶《とうや》」（＝自己内部の重視）を目指し、その後に出てくるモダニズム文学における新感覚派や新心理主義などにおいても「個」の問題はすでに所与のものとして存在する。また同時代のプロレタリア文学の依拠する社会主義的な考えは「個」というものはすでに自明のものとして存在していると捉え、その中でどのような社会を形成していくのかを考えている。

まとめると、①そもそも「個人」という概念は西欧由来のものである。②輸入された概念ゆえに生まれた違和があり、その苦悩を小説家たちが描いていった。③しかしその違和感はいつしか後景化していき、小説家たちは「個人」という概念を前提とした作品を書くようになった、となるだろう。

この流れを見ただけでも、小説家である平野がなぜ個人主義に対立する分人主義を提唱しようとしているのかがわかると思う。そもそも「個人主義」とは西欧由来の概念のため、日本では受け入れにくいものだった。これは平野の指摘するところでもある。そして漱石や鷗外と同じように、その個人主義による苦悩に向き合ったがゆえに平野は分人という概念に至ったのだ。

■形式の時代と「カッコよさ」

日本人にとって「個人」という概念には違和感があるにもかかわらず、近代小説はいつしかそれを血肉化していった。言い換えるならば、近代小説が行ってきたことは、「個人」つまり「主体」形成のプロセス化である。

そして「主体形成」や「個人主義」が当たり前のものとして受容されたとするならば、「近代小説」の「個人主義」に対する役割は果たされたことになる。大正時代から昭和初期は大衆消費社会が到来し、現在まで続く「大衆文学」が隆盛し始める。そしてそれと呼応して「純文学」の衰退が言われるようになるが、そのことは個人主義の一般化と無関係ではないだろう。つまり「個人」という問題を扱うことを終えたがゆえに、文学が大衆に享受される方向へと向かっていったのだ。

繰り返しになるが、そもそも「個人主義」は日本人には違和感のあるものだった。だからこそ一度は完成を見たかに見える近代小説の先の衰退過程は、同様に「個人」概念の衰退にもリンクしてくる。

もちろん簡単に主体が消えるというわけではない。現代の民主主義でも前提としているのは自由な「個人」だ。しかし、もともと異質なものだった「個人」概念の耐用年数が切れかけている。だからこそ「個人」という概念は空白なものにならざるを得ない。

平野は自分がデビューした小説を書いた学生時代を次のように振り返っている。

京都に行って1年目に阪神大震災があって、その春休みに九州に帰省しようと思っても姫路から京都までの新幹線が通じていなくて。しょうがないから船で一晩かけて帰って、それが大変だったから飛行機で大阪空港に戻ることにしたら、機内でオウム事件の放送をやっていたんです。当時はノストラダムスの大予言もありましたから、そういうオカルト的なものも含めて、世紀末だなって感じが強くしてました。鬱屈感もあったし、自分たちの上の世代は「小説なんか終わった」といった話ばかりしているし、冷戦も終わって資本主義化された世界が延々続くのっぺりした世の中になっていくって、あの頃みんな言っていたんですね。だけれども一大学生としてそういうメッセージばかり聞かされると本当に憂鬱で。俺は何のために生まれてきたんだろう、という気持ちがすごくあった。

（WEB本の雑誌「作家の読書道」第一五七回）(2)

平野は高度経済成長も一段落した一九七五年に生まれ、バブル崩壊後の一九九八年にデビューする。九〇年代は第一章にも書いたように「停滞感」があった時代だった。このような状況だからこそ、彼が感じたのは「個人」という感覚をどう立ち上がらせるかということだったのだろう。巨視的に見ると連綿と続く「個人」概念が薄れているという状況がある。そして彼の生きた時代を微視的に見ると九〇年代はバブル崩壊が起き、オウム真理教をはじめとした終末思想がはびこっていた。言ってしまえば個人の不安が募っている時代だ。つまりそんな時代に今一度「私」＝「個人」の意識を立ち上がらせていった「近代」を捉え直すためにロマン主義的な作品を書いていたのである。

そのことをもう少し掘り下げるために、平野が書いた新書『「カッコいい」とは何か』を参照していく。この本は四〇〇ページ超えという新書にしてはボリュームがあり、タイトル通り「カッコいい」という概念は一体何なのかを精緻に分析した書籍である。

なぜ「カッコいい」という概念を小説家である平野が分析するのか、「分人主義」の提唱と同様に、いささか不思議に思う部分もある。しかし、これは彼がデビューするまで生きた七〇年代から九〇年代の時代背景、また先ほどの二〇世紀の問題と重ねるとわかりやすい。平野は「カッコいい」という概念は「民主主義と資本主義とが組み合わされた世界で、動員と消費に強大な力を発揮してきた」と述べる。また、この言葉は一九六〇年代頃に流行りだしたが、それはメディアの発達と大きく関わっているという。「カッコいい」の概念について平野は次のようにまとめている。

「カッコいい」とは何かについて考えることは、結局のところ、個人の生き方について考えることである。そして、その基本となるのは、個人主義 individualism であり、この言葉が使用されるようになったのは、一八二〇年代のことである。（中略）

「カッコいい」が六〇年代以降、日本で一気に広まったのは、戦後社会に「自由に生きなさい」と放り込まれた人々が、その実存の手応えとともに、一人一人の個性に応じた人生の理想像を求めたからである。社会的には、これにより、大きな「人倫の空白」が、複雑で多様なパズルのピースの組み合わせのように埋められることとなった。

（『「カッコいい」とは何か』）

平野は「カッコいい」を論じるにあたって「個人主義」を参照している。そして個人の生き方を考える上で現代ではこの「カッコいい」ということが重要になっていったのだ。「人倫の空白」＝「個人主義の衰退」を埋めていったのが「カッコいい」という当時新しい概念だったわけだ。

作家・批評家の笠井潔は『人間の消失・小説の変貌』で二〇〇〇年代以降の小説を分析する中で、近代の完成期としての一九世紀を「人間の時代」とし、それに対して二〇世紀を「人形の時代」としている。つまり先に挙げた近代化の個人・主体形成のプロセスが一九世紀であり、その後の衰退過程により主体が喪失し、形式だけが残るのが「人形の時代」にあたるという。[3]これは先ほど見てきた小説家たちが直面した近代への認識としては的を射ている。近代という大きな枠組みで見ると、「個人」という主体は空虚なものになっていく。また笠井はここで一九五〇年代後半に発生し、その後流行していった「カッコいい」という新語についても述べている。「人間は、すでに内面の領域が消失したにもかかわらず、あるいは、だからこそ『かっこよさ』を内面化しようと」したと述べるのだ。これは平野の認識と重なっている。

近代個人主義が衰退する中で、流行していった「カッコいい」という概念はそれを代替するようなものとして機能していった。そしてそれは現代のメディアによって人々の体感や消費行動をもとにして駆動されていったということだ。平野自身の体験や感覚の遍歴として、学生時代にバンド活動を行い、日本の文学は鷗外など明治期のロマン主義的なものに惹かれたというバックグラウンドがある。彼は本書のあとがきでも、この新書を書いているのが楽しかったと述べるように、彼自身六〇年代以降に出てきた「カッコいい」ということに、非常に魅せられていた。つまり「個人主義」が衰退していく中で、「カッコいい」という近代的個人主義を代替するものに現代の「人倫の空白」を埋めるものを見出していたのだ。彼が「ロマン主義」＝「近代個人主義的世界観」を描いたのは、衰退する近代の個人主義の問題、またこうした空虚な形式の時代からくるものだったのだ。

■テクノロジーの変化と個人のこれから

近代という時代の中で「個人」が徐々に希薄になっていったという流れが一方であり、その大きな流れの中で七〇年代に生まれた彼には高度経済成長の名残としての九〇年代までの消費社会があった。そこで平野はメディアと大衆が共犯関係的に作り上げていった「カッコいい」という、空虚になった「個人」を埋めるものを志向するようになったと分析していったのだ。

しかし近代以降の「個人」の空虚さは続いていく。さらに加えると、その内実も環境によって日々変化していることを平野自身も実感しているのだ。そしてここを掘り下げていくと「分人主義」をなぜ提唱するようになったかがわかってくる。

平野が述べていたのは、「カッコいい」を形成していたものは資本だけではなく、メディアであるということだ。以前はラジオやテレビや雑誌、またレコードなどが「モード」という「カッコいい」規範を形成していた。しかし今日その「カッコいい」が形成しにくくなっているという。その原因はネットの登場である。

もう一つ、モードにとって誤算だったのは、言うまでもなく、インターネットの登場である。（中略）

大きな変化が見られるようになったのは、光ファイバーが普及し、ネットの常時接続が可能となった〇〇年代半ば（所謂ウェブ2・0）以降である。

この時期から、多くの人がブログを書くようになり、社会的な多様性が一気に可視化されることとなって、単線的な流行を形成することが困難になった。

（『「カッコいい」とは何か』）

先にも書いたように、そもそも「カッコいい」規範を作る上で重要だったのがメディアなのだ。空虚な個人主義を埋める「カッコいい」という概念は、今日新しいメディアであるネットによって危機にさらされている。つまり「個人」形成のプロセスがさらに変化しているということだ。

ＩＴコンサルタントの梅田望夫と対談した『ウェブ人間論』という書籍の中では、平野自身、ウェブがどのように人間の意識を変革していくのかを述べた箇所がある。

個人というのは、輪郭の内側に閉ざされていて、知識や思考もその中に密閉された材料や過程なんだという考え方が、ある意味では終焉しつつあるのかもしれません。

（『ウェブ人間論』）

一九六〇年代以降の「カッコいい」概念はマスメディア（＝テレビ・ラジオ・雑誌）を通じて人々の空白を埋めていった。だが一九九〇年代に入るとネットというメディアが登場してくる。そこでは意識の変革が起き、新しい意識が芽生える。そして今まであった「個人」の概念も変わらなければならなくなってくる。

ウェブの出現により今まで考えられていた「個人」が終わるのではないかということを平野は二〇〇六年の時点で述べている。ここに分人主義の萌芽がある。平野は当初「個人」をどう立ち上げるかを考えていた。そして、「カッコいい」という代替物や「ロマン主義」というかつて個人主義を担っていたものを志向し、執筆活動を行っていった。しかし、九〇年代以降のさらなる「個人」の変化、つまりウェブ、またそれを含むテクノロジーの進展によってさらに「個人」が変貌していくことを鋭敏に感じ取っているのだ。

平野はこのように新しいテクノロジーが生み出されることによって、人々の「個人」の感覚が変化していったという認識を持っている。また彼は二〇〇〇年代には、ネットやウェブに関する強い関心と並行して新しいテクノロジーを多面的に考えようとしている。例えば『文明の憂鬱』というエッセイ集ではロボットやネット書店を取り上げており、また電子書籍に関しても普及を前向きに捉えた発言をしている。

その後もテクノロジーへの関心は強い。『自由のこれから』という新書でも、デザインエンジニアやシステム生物学の専門家や、アーキテクチャを含めた人間の自由を考えている法哲学者など、いずれも現代テクノロジーについて深い知見がある人たちと対談をしている。彼の興味はテクノロジーが変化する中で人間がどのように変貌していくのか、ということなのだろう。

そのような志向性を念頭に置くと、二〇〇〇年代の平野の作品も見通しがよくなる。短編集である『高瀬川』、『滴り落ちる時計たちの波紋』、『あなたが、いなかった、あなた』は実験的手法を取り入れた小説だが、それもここに起因するものである。

例えば『高瀬川』の中の掌編「追憶」は自由詩ともとれるような形式をとり、また短編である「氷塊」では上段と下段にそれぞれ別の小説が書かれているが、途中でその段と段の中間に文章が置かれ、物語自体も交差するという手法がとられている。またこの時期、「文学の触覚」という展示で『記憶の告白』と呼ばれる視覚メディアと文学を組み合わせたアート作品を工学者の中西泰人と共同で制作している。平野はこのような小説を書いている背景として「現代の多様性、またそれを映し出すメディアの多様な状況をテクストに反映させることによって、小説の形式を刷新できるかもしれないと期するところがあった」(『ウェブ人間論』)と述べている。テクノロジーによってどのように小説が変わり、どのように人間が変わっていくのかを模索していた時期だったと言えるだろう。

ではそんなテクノロジーによってどのような人間像が想定されるのか。キーワードの一つは「分裂」だ。

『ウェブ人間論』では次のようにも述べる。

ネットの匿名性とは、そういったアイデンティティの管理からの逃走ということなんじゃないですかね。ネットで行われることは、匿名である限り、身体を備えた主体に返ってこないから、行為には一種の無責任性がある。

（『ウェブ人間論』）

新しいテクノロジーであるネットには「アイデンティティの管理からの逃走」という側面があると平野は指摘する。つまり、自分自身の同一性を一貫させなくてもよいということだ。これはネットに匿名で何かの発言をする時のことを考えればわかりやすい。普段なら周囲との関係性や社会的な立場を考えて言えないことも、匿名であれば言えてしまう場合がある。

テクノロジーと人間の関係を考えながら書いた時期の平野作品として、先の実験的作品群の他に『顔のない裸体たち』がある。本作品では主人公の吉田希美子は教員をしている女性だが、ある時から出会い系サイトを利用し男性との出会いを求めるようになっていく。そこで出会った男性である片原盈《みつる》は「本性」という言葉をよく使う。つまり人間は社会で過ごしている姿とそうではない時の姿という二つの姿を持っていて、社会に出ているものとは別の本性が隠されていると考えているのである。またこの考えは本作で描かれる「出会い系サイト」ともリンクしてくる。吉田希美子は本来であれば言えない情報を匿名性が担保されたネット上に書き込む。つまりネットというテクノロジーは、万人が発信する機会をもたらしたが、そこでは人間の表と裏という二面性が強調されてしまうということを平野は作品内で問題提起しているのだ。

ちなみにこの問題を平野はもう少し普遍的な立場から考えている。『あなたが、いなかった、あなた』に収録されている「『フェカンにて』」という小説には、短編「高瀬川」にも登場する大野という人物が出てくる。大野は小説家であるが、それは作者である「平野啓一郎」を彷彿《ほうふつ》とするような設定になっており、本作はメタフィクションの体《てい》を成している。ここで彼が自分の小説で書いた「告白」ということについて考えている場面がある。

言葉にすると云う事は、自らの行為の所有を放棄する事である。或いは、行為者を自身から引き剝がす事である。もし言葉が神のものであるならば、彼は行為を神に委ねるであろう。もし言葉が社会のものであるならば、彼は行為を社会に引き渡すであろう。そして、行為が必ず、過去に属するものであるならば、それは彼自身の切断である。

(「『フェカンにて』」)

またここで大野は、自分の作品は一人の登場人物だけではなく、小説の中の登場人物全てが自分自身の経験であると考える。加えてその作品ですらも全体の中での一つの部分でしかないという。言葉とはそもそも機能として自分自身の行為を切り離す側面がある。平野はそのような自分自身の切断の意識を小説執筆に対して持っている。しかしこれは小説だけではなく「書くこと」全般についての考察でもあると言えるだろう。

つまり、そもそも「書くこと」は自分を分裂させる行為である。だが、テクノロジーの進歩は「発信」＝「書くこと」を万人にもたらした。そしてそこでは、匿名で書くということも相《あい》俟《ま》って、自身の分断・切断はより万人が行うことが可能になり、かつ先鋭化しているのだ。巨視的な視点と微視的な視点の往来。平野啓一郎の醒《さ》めた視点は、徹底した普遍と目の前にある特殊を行き来して作品を描いている。だからこそ、時に難解と思われてしまうが、それはこの普遍の眼があまりにもスケールの大きい遠近法の中で人間を取り出そうとしているからであろう。

近代社会における個人主義の衰退から始まった自己像の不安定化は、メディアによる虚像的な個人主義（「カッコいい」）を作り出したが、さらなるテクノロジーの発展によって現れた新しいメディアであるネットの登場により自己分裂が強まっていく。端的に言うならばポストモダン化とテクノロジーの発展が自己像を細かく分け始めているのだ。これは朝井リョウや村田沙耶香が直面していたこの世界の在り方と重なっていく。

だからこそ、平野は人間に起こるのはさらなる不安定化だと考えるようになるのだ。自己の同一化ができないからこそ、絶えず自分が何者なのかを問わなければならなくなる。それは近代以降、人々の間に横たわっている問題だ。そしてここが「分人主義」と繋がってくる。分裂した自己の中でどのように考えれば、人間はそんな自己を受け止めて生きていけるようになるのか。

■なぜ「分人『主義』」なのか

近代化が進む社会では、自由な主体性を持った「個人」という概念が重要視されていく。それは日本も例外ではなかった。そして文学もそんな近代化とどう向き合っていくかという問題を内在化していった。

しかし、現代は価値の相対化が進むポストモダン化の進行と、主体の分裂を生み出すネットをはじめとした様々なテクノロジーの発展の二つが絡み合い、近代以降の価値観が崩壊している。その一つの表れが「個人」の解体であったのだ。

平野は近代文学の伝統を引き継ぐ形で「個人」の問題と向き合っていき、現代は「個人」という概念が変化している状況だと看破した。彼自身が感じていた現代社会における個人の空虚さと、歴史における近代以降の「個人主義」の流れという二つの観点からその考えに至るのだ。微視と巨視、特殊性と普遍性、自己と世界。彼が単純に思想家的な立ち位置からではなく、「小説」という微視的な方法で個人（=自己）に焦点をあてて問題を描くのは、現代におけるアクチュアリティをもってこの問題に臨んでいるからでもあるだろう。

そしてこの「個人」の解体の先にあるのが、「分人」という考え方だ。それは一人の人間は不可分の「個人」であるのではなく、時や場所によって異なった「分人」であるというものである。この考えは分裂した個人を捉えるにはわかりやすい。

しかし平野はなぜ「主義」をつけるのだろうか。ただ個人について考えるだけであれば、

「分人」という言葉だけでもいいはずだ。もちろん、「個人主義」に対するものとして「分人主義」を打ち出しているのは間違いない。しかしやはり単純な対比としてだけではない意図があるはずである。ではそれはなんなのか。

彼はデビュー当初から「個人主義」の問題を扱っていたとはいえ、「分人主義」をすぐに提唱したわけではない。小説を書くことを通してその思索へとたどり着く。実験期の作品である『あなたが、いなかった、あなた』以降、平野は文体やストーリーともに非常に明瞭でドラマチックな——ある意味、エンタメ的な——作品を描いていく。その最初の作品が二〇〇八年に単行本が刊行された『決壊』である。

■「解体」の表象と苦悶

『決壊』には「分人」や「分人主義」という言葉は出てこない。だが、本作をつぶさに見ていくと彼がなぜ「分人」概念を考え始めたのかわかってくる。なぜなら、本作で一貫して描かれるのは「自己の拡散」だからだ。

『決壊』の中心人物は沢野崇《さわのたかし》と沢野良介《さわのりようすけ》という兄弟だ。弟の良介は化学薬品会社に勤めながら妻の佳枝と息子の良太と暮らしている。対して兄の崇は外務省に出向し、三年間の海外勤務を経て国会図書館の調査員をしている。扶養する家族はいないが、様々な女性と関係を持っている男性だ。本作でこの兄弟は対比的に描かれていく。「一般的」な家庭を持ち「平凡」な思考を有する良介に対して、「エリート的」で他人とは少し距離を置いた「特殊」な思考を持つ崇という構図になっている。例えば「人を愛すること」という話題について二人が話しているシーンはそれを示唆している。

「兄貴は、人を愛してないの？」

「そういうことを、何かの拍子にふと意識することがあるよ。」

（中略）

「どうして？　兄貴は、人を愛する気持ちまで信じられないの？」

「ねぇ、良介、俺はこんな話はしたくなかったんだよ。語れば語るほど、惨めじゃないか？　これはしかし、俺だけの独創的な惨めさじゃないよ。俺はね、口で言ってるほどクールでもない。人に喜ばれると、実際は当たり前に嬉しいと感じるからね。だけどね、自分という人間が、そういう他人からの承認の束を支えとして存在しているという考えには、救われないんだよ。愛するっていうけど、それは要するに何だろうね？　相手と一緒にいたいってこと？　だったら、どこまでも利己的だな。――違う？」

「違うよ！」

「どうして？」

崇は今度は、先ほどよりも静かに、幾分寂しげに笑ってみせた。

「気持ちの問題だよ。心から、そう思うんだから。」

「どうして一緒にいたいの？」

「好きだからだよ」

「堂々巡りだね。(後略)」

(『決壊』)

崇は他人が望むものがわかるために、それに応えるための行動を取ることができるという。だからこそ、他人が喜ぶことを把握した上で他人が喜ぶことをするというのは、あまりにも利己的なのではないか、という考えに至るのだ。ゆえに、大きな仕事をしようとも思わないし、人を愛するということにも欺瞞《ぎまん》を感じてしまう。論理を推し進めることによって、「愛すること」の自己矛盾に陥ってしまうのだ。

良介が喝破《かっぱ》するように崇は頭で物事を考える。彼は現実に対して深い思索をもって臨んでいく。一方、良介はその後「人を愛するっていうのは、そんな理屈ずくめの話じゃない、感情の問題じゃないか」と言い、兄である崇を含めた家族を愛し、その気持ちは決して利己的なものではないと述べる。もちろん、崇はその愛に対しては疑わないと言い、また良介と同様に、彼ら家族を偽りなく愛していると言う。だが彼は論理を推し進めた上で考えてしまい、どこか自分自身の寄る辺なさを感じている。「凡人」と「エリート」。「感情」と「理知」。ゆえに二人の意見は食い違いを起こしていく。

良介と崇を比べると、崇の方がことを論理的に考え、そのために様々な苦悶《くもん》に苛《さいな》まれているようだ。そうなると、「平凡さ」があり、括弧付きの「一般的な考え」を持つ良介の方が生き方として正しいのではないかとも思えてくる。

しかし、本作ではネットというツールによってそれが崩されていく。

ある日、妻の佳枝は良介が密かに書いていたネット上の日記を発見する。〈すぅ〉という名前で周囲に知られることなく自分の考えていることを書いたものだ。佳枝はそこで自分には見せることのなかった考えを持った夫の像にとまどう。例えば、家族で海岸に行った際の日記では、「妻もムリして楽しんでるフリしてたみたい」と書かれているが、佳枝自身は純粋に楽しんでいたと自認していた。また、佳枝に語ることのなかった兄へのコンプレックスも記載してある。

そこで現れるのは、「アイデンティティの管理からの逃走」である。『顔のない裸体たち』で描かれていた、人間の表に出している性質と裏にある「本性」という考え方が、『決壊』内では良介を通して描かれるのだ。佳枝はそんな見たことのない夫の考え方に違和感を持つ。また佳枝に相談された崇も同様に自分に対する思いが書かれている部分を読んで少なからずショックを受ける。それはそれぞれ良介という人間像がどこか乖離《かいり》していくような錯覚を覚えるからだろう。

今でこそネットが一般化しており、この表裏の感覚は特に焦点化されることはなくなったが、逆に言うならば、その場その場で自分自身を使い分けるというのが当たり前になっているということだろう。社会学者の土井隆義は価値観が多様化し、携帯電話を持っていつでも繋がっている若者たちのコミュニケーションの形はキャラを上手く使い分けることが重要になっていると述べる。(4)『決壊』が刊行された二〇〇〇年代後半では、その認識が周知されていないからこそ、本作の中の登場人物たちは良介の「二面性」を非常に驚きをもって受け入れているように描かれる。時代は下り、現在はこの状況からさらなる変化があるだろうが、いずれにせよネットの本質はそのような主体の「同一性の解体」ということを引き起こした。

また本作で重要な存在なのが「悪魔」を名乗る者だ。「悪魔」はネットで良介の日記を見て彼に接触していく。彼は執拗に「事実」や「本当の姿」という言葉を強調して語る。そして「悪魔」は良介を捕らえて殺し、最終的に身体をバラバラにしてしまう。また殺す直前、日記に書いてあった兄へのコンプレックスを取り上げて、次のような会話をする。


「身近に〈幸福〉な人間がいるというのは、実に残念だ。まったく不幸じゃないか。」

「……兄貴は関係ない！」

良介は、憤然として、強い口調で言った。

「ほう。しかし、何から何までお前に勝っている。それは決して、単なる差異じゃない。あきらかに優劣だった！　お前の兄こそは、〈幸福〉の資格を与えられ、人生を気ままに弄《もてあそ》んでいる人間だ。——これはお前自身が感じ、言葉にしていたことなんだぞ！　更にお前の日記に忠実であるなら、お前は妻まで寝取られている。」


（『決壊』）

「悪魔」は良介に「言葉がお前自身と完全に一致するように責任を持て！」と言う。これは〈すぅ〉名義でアップしていた日記に書かれていたことが、良介の「本性」であるからそれを認めろということだ。そして悪魔は良介に自分は不幸な存在だと言わせようとする。しかし、良介はそれに抗い、自分は幸福だと主張する。

「悪魔」の描写は非常に戯画的であり、観念的である。まるでマンガのような典型的な「悪の存在」だ。もちろん、彼は後に篠原勇治という男性だということが判明する。だが平野はおそらく意図的にそのように描いている。人間には普段とは別の隠された「本性」があり、ネットを媒介としてそれが増幅し、大きい「悪」を作り出しているのではないか、という問題提起の象徴的な存在として、「悪魔」という登場人物を創出したのだろう。

ネットによって生み出されるもう一つの人格こそが主な人格であり、そこに自分の本当の姿がある。だからその姿を「本当の自分」だと認めろと「悪魔」は主張する。それに抗った良介がバラバラ死体にされたのは、そんな一貫していない言葉と本人の身体を相似的なものにするための処置としてなのである。

また、同様に崇も同じような考えによって心を揺さぶられる事態に見舞われる。崇は良介のバラバラ死体が見つかった際、殺人の容疑をかけられるのだ。そして警察も崇を犯人だと決めつけ、誘導尋問とも思《おぼ》しき事情聴取を行っていく。その時のことを崇は次のように述べる。

……刑事が俺に、正体を見せろ！って怒鳴ってたよ。正体だよ、正体。——そんなこと言うんだって新鮮だったな。……俺には、色んな顔があり過ぎる。どれが本当か分からないって。——そんなの、誰だってそうだよ、ある程度は。違う？

（『決壊』）

人間には本当の自分がある。これは先の良介が「悪魔」に突きつけられたものと同じだ。人には様々な顔がある。崇自身それを理解しているが、正体、つまり自分には表には出ていない隠された本性があるという考えを警察から突きつけられ動揺する。社会一般が持っているのは「人間には一貫した自己がある」という考えだ。しかしそんな考えに押しつぶされるかのように、崇は警察から事情聴取をされ、また良介が殺された時の「悪魔」の考えをビデオで見ることになる。

平野が描いたのは現代に起こる「自己の拡散」、そして、一般論としてはびこる「自己の一貫性」の矛盾だろう。そこに陥ることによって、より「私」という存在がわからなくなってしまっている。

また崇はその出来事があった後、次のように述べている。

——赦すもなにも、もう罪なんて、この世界から存在しなくなってるんだから。あの篠原って男も、しつこいくらい何度も言ってただろ、遺伝と環境だって。正確には、発生と生育と言うべきだろうけどね。……犯罪の由来を、どこまでも厳密に追究していけばね、憎むべき犯罪者なんて神話は、あっさり解体されてしまうよ。有責性は、どこまでも細かく砕かれていって、最後は秤《はかり》にもかけられないくらいにまでちっぽけになる。到底、殺人と対称的な重みを保存し続けるはずがない。加害者についての報道は、だから、中途半端であるべきなんだよ。分かると困るからね。——生物としてのヒトは、絶滅を回避するために、交配を通じて、多様性を維持する進化のシステムを採用しているんだろう？　その圧倒的に多様な個体が、それぞれに、ありとあらゆる環境の中に投げ込まれる。そうした中で、一個の犯罪が起こったとして、当人の責任なんて、どこにあるんだい？　殺された人間は、せいぜいのところ、環境汚染か、システム・クラッシュの被害の産物程度にしか見なされないよ。犯罪者なんて存在しない。ただ、犯罪が存在するだけだ。

（『決壊』）

人間の行動が「遺伝と環境」によって決まるとするならば、個人の「主体」はそこには現れない。なぜなら、一人ひとりの人間の特殊性はなくなり、存在するのは同質で普遍的な「生物学的な人間」だけだからだ。そうなると、「人間」の意味はなくなってしまう。だからこそ、彼はニヒリズムに陥る。生の意味を見出すことができないのだ。

物語の終盤で、崇は統合失調症に見られるような幻覚妄想状態に陥る。母親を連れて車で海岸まで行くのだが、実際には一人で来ていた。しかし崇はそれに気づかずに、母親に話しかける。そしてその幻覚の母親から、「どうしてっち、崇が良ちゃんを、あんなふうにしてしまったんやろ？」と言われ、また「――オマエが殺したんだよ」という男の声も聞こえてくるのだ。この描写は「主体の消滅」と「自己の拡散」により、「私」という一つの自我が保てなくなっていることを象徴的に表しているのである。

■「分人主義」と希望

「自己の解体」に対してニヒリズムに陥らずにどう向き合うのか。これが『決壊』以降の平野のテーマとなった。本人の自著解説でも、この状況に対して「どう生きたらいいのか」を書かなければいけないと考えるようになったと述べている。(5) そこで出てきたのが近代の「個人主義」を再構築した「分人主義」という考え方だった。『ドーン』や『空白を満たしなさい』がそれを焦点化したものにあたる。

『ドーン』は平野が「分人主義」という言葉を作中で初めて出した作品である。二〇三六年の未来社会が舞台となっており、主人公の佐野明日人《あすと》は外科医になったのち、宇宙飛行士となり火星探査のため宇宙船「ＤＡＷＮ」のクルーになり宇宙へと飛び立つ。

本作ではやはりテクノロジーが焦点化されて描かれる。スプートニクよろしく宇宙船は技術力の象徴として登場するが、それ以外にも《散影》と呼ばれる監視カメラとネットワーク機能、また顔認証検索がセットになったアクセスすると誰でもその人の行動を追跡できるシステム、またそれに対して、自分の顔を自由自在に変化させることができる「可塑整形」、ＤＮＡ情報と解剖学的データ、また生活環境などの情報を与えるとその人そっくりの人間を設計し映像として生成できるＡＲ技術などが本作では描かれる。『ドーン』は、現在のテクノロジーをさらに推し進めた様々な技術が描かれるが、未来を舞台としたのは、テクノロジーが直面する自己の解体についてより深く考えるための選択だったのだろう。

そしてこうした様相に順応するために本作で描かれる未来社会では、「分人主義」という考え方がすでに浸透し始めている。つまり、テクノロジーによる「アイデンティティからの逃走」、「自己の解体」を、すでに所与のもの＝当たり前のこととして社会が認め始めているのである。

本作では『決壊』で描かれていたことに対して悲観的な見方だけを描くわけではない。その一つが「分人主義」にあたる。また『決壊』の沢野崇が直面した生物学的観点による一人の人間の生の無意味さに対しても、本作は宇宙という地球全体を俯瞰《ふかん》する視点と相似形でありながらニヒリズムを超える考えを提示する。物語の終盤の明日人が地球に帰る描写で、まさにそのことが描かれる。

――人間たち！　その極最近になって登場し、異様な繁殖力で「全地の表」を覆い尽くして、その場所を、神が自分たちのために準備したと錯覚しながら、架空の君臨に酔い痴れてきた、愛すべき、滑稽な人間たち！　その経営が任されるには、あまりに無力で、あまりに無知で、あまりに卑小な人間たち！　しかし、彼らは、確かに他の生物たちとは違って、一個一個の命に名前をつけ、ひとりの人間が死ぬことが、別のひとりの人間が死ぬこととは、絶対に違うことだと知っている唯一の生物ではなかったのか？　10万個の個体が死滅することと、10万人の人間が死ぬこととは、まったく違うことなのだと、初めて理解した、地球で最初の生命ではなかったのか？……

（『ドーン』）

『決壊』の崇が述べるような生物学的な視点では、人間は全て同質に扱われるがゆえにニヒリズムに陥り、生の意味を見出せず、主体の在り方に暗い影を落としてしまっていた。だが、『ドーン』の明日人は、確かに同質に思えるが、それでも人間は個別では違うということを思う。それが「人間」であると考えるのだ。医者から宇宙飛行士になるというエリート的なキャリアを積んでいることは崇と重なる。医者という職業では、なおさら人間を「生物学的」に見なければいけないだろう。そんな明日人がニヒリズムに陥らずに人間に希望を見出している姿は、まさに『決壊』の思想を乗り越えようとしているものだろう。

もちろん、『ドーン』の明日人が全てに対して希望があるかというと、そうでもない。息子である二歳の太陽が震災で死に、その後宇宙船の中ではリリアンという女性を妊娠させてしまった事実、またそのことを含めて起きた妻の今日子との不仲、アンフェタミンの過剰摂取による薬物依存状態など、様々な面でボロボロになってしまう。人間の儚《はかな》さ、また移ろいやすさなどによる、精神的な疲弊が描かれている。しかし、そのようになりながらも物語の最後には今日子とともに日本へと帰る姿が描かれる。そして、それはどうしようもない絶望的なものではなく、どうしようもなさの先にも希望があるような終わり方で幕が下りる。これも『決壊』と比較しての大きな違いであろう。

このような希望を、エリート的な考えやグローバルな視点などを用いずに、もう少しスケールを小さくして書かれたのが『空白を満たしなさい』だ。『空白を満たしなさい』は、一度死んで三年後に生き返った土屋《つちや》徹生《てつお》が主人公の、ファンタジー要素を含む物語になっている。徹生は妻の千佳から自分が死んだのは「自殺」をしたからだと聞かされる。しかし自分がそんなことをするはずはないと思い、誰かに殺されたのだと考え始める。自分の死の秘密を探るために心当たりのある者たちを探るような、ミステリ的な要素も含んでいる。

ネタバレになるが、徹生は実は殺されたのではなく、実際に自殺をしていたことがわかる。

そして、記憶を取り戻していくのだが、その過程で間違ったことを考える自分を消してしまいたいと考えていたことを認識する。それを認識するようになったきっかけが、医師の池端との対話によるものだ。池端が紹介するのが「分人」という考え方だった。徹生は裏表のない本当の自分は一つしかないと認識するが、人間は一人の中に複数の違った分人が存在していると池端は話す。だからこそ付き合う相手が変われば、分人の構成比率も変わり、人間は変わっていくというのだ。徹生はそのような考え方をしていなかったので、ある時「なんで俺は、こんなに必死で働いているんだ？」という疑問を抱き、本当の自分ではないと打ち消すために自殺をしたのである。

先に、平野がなぜ「分人」という概念を「主義」として打ち出しているのか、と問題提起した。「分人」という概念の提示のみならば、それは『決壊』のように現状を分析するだけであり、ニヒリズムに陥ってしまう。しかし「主義」として打ち出すことによって、「分人」概念は現代の生きづらさを変え得るものとして機能し、救済へと転化するのだ。

■過去の解体

解体される自己を救済するものとして彼は「分人主義」を掲げ、自己が解体されている状態こそが、「個人主義」後の主体の在り方の新しいスタイルであることを提示していった。そしてその後、平野は「一貫した人間」を解体していくことによって人間を救済する作品を書いていく。

その一つが『マチネの終わりに』である。本作で描かれるテーマは「過去は変えることができる」ということだ。本作は視点人物が二人出てくるが、一人がクラシック・ギタリストの蒔《まき》野《の》聡史《さとし》、もう一人がジャーナリストの小峰洋子《こみねようこ》である。蒔野のファンだという洋子は蒔野も参加するコンサート後の打ち上げに参加する。その中で彼女は、自分の祖母が亡くなったエピソードを語る。洋子の祖母は転んで庭石で頭を打って死んでしまったのだが、その石は洋子が子どもの頃によく遊んだものであった。そのことについて、自分の違和感を語ろうとするが、上手く言葉にできずにいた。その際に蒔野は「洋子さんは、記憶のことを言ってるんじゃないかな」と述べ、「お祖母《ばあ》様が、その石で亡くなってしまったんだから、子供の頃の石の記憶だって、もうそのままじゃないでしょう？　どうしても、頭の中では同じ一つの石になってしまう。そうすると、思い出すと辛いよ、やっぱり」、「未来は常に過去を変えてるんです」と述べる。つまり、その時に起こった出来事によって、そこにあった記憶が書き換えられ、過去を変えることになると言うのだ。この石の例であるならば、そもそもは子どもの頃に「楽しく遊んでいた石」だったが、祖母の件があったがために「祖母が亡くなった原因になった石」となってしまう。このことによって、もともと洋子の記憶の中にあった石は形を変えてしまう。つまり過去を変えたということになるのだ。

またその後もこの「過去は変えることができる」という発想は重要になってくる。洋子は仕事のためイラクで取材を行うが、そこで自爆テロに巻き込まれる。そのような経験などが蓄積され、帰国後ＰＴＳＤ（心的外傷後ストレス障害）と診断されるのだ。突然当時の出来事がフラッシュバックし、パニックを起こし発作が出てきたりする。そして医師と次のようなやりととりを行う。

「薬で不安を鎮めながら、生活を安定させてゆくことで状況は改善します。悲観しないで。必ずよくなります。元の自分に戻ろうとするのではなくて、体験後の自分を、受け容れ可能なかたちで作っていくことが出来れば、症状はやがて消えていくでしょう。」

「過去は変えられる、ということですか？」

医師は一瞬、その意味を考えようとするような間を置いてから、

「そう、あなた自身の今後の生活によって。良い表現ですね。」

と頷いた。


（『マチネの終わりに』）

医師とのやりとりでトラウマを克服する上で、この考え方が重要になると指摘される。起きてしまったこと＝過去に対して、その過去を未来によって書き換えていく。これはもともと不変だと思われていた過去を解体していくことと同義だ。そして、この考え方は作品の他の細部にも現れていく。例えば、洋子の母は被爆した事実があり、そのことを今まで洋子にも隠して生きていた。それは被爆したことによる健康への影響や周囲からの差別などを気にしてのことだろう。洋子の母は長崎という土地も厭《いと》い、そこから離れヨーロッパで過ごすほどにその事実から逃げたいと思っていた。しかし現在は「長い間、長崎に生き残していた自分を、今改めて生き直して」おり、原爆についての話を子どもたちに聞かせている。これは、当時のことを現

在の人たちに語ることによって、今まで被爆という事実から逃げていた母が自分自身の過去を見つめ直しているということだ。これは先に挙げた「過去を変える」という事例の一つであろう。『マチネの終わりに』では蒔野と洋子の恋がメインストーリーをなすが、現在や未来による過去の変質が各所でテーマとして描かれている。

また『ある男』でも「過去の変質」が重要になってくる。本作でも自分の過去を変えた人間が複数登場する。登場人物の里枝《りえ》は離婚をし、息子の悠人《ゆうと》を育てているシングルマザーだ。彼女は離婚後、宮崎県のある町で文房具店を営み、その町へやってきた谷口大祐《たにぐちだいすけ》という男と出会う。彼は画材を買うため、そこへ頻繁に訪れるようになり、やがて里枝と親密になり結婚する。しかし、その後事故で「谷口大祐」は亡くなってしまい、親族とやりとりをすると彼が「谷口大祐」ではないことが発覚していく。

物語が進んでいく中で、この「谷口大祐」を名乗る男は「谷口大祐」の過去を業者から買い取り、自分の人生をもう一度やり直していたことが判明する。そもそもこの男は「原誠」という、人殺しをして死刑になった男性を父親に持つ人間だった。彼はその過去によっていじめられ、また父親と自分自身の遺伝的同質性を忌み嫌う。そして自分自身も人を殺してしまうのではないか、ということに怯《おび》えているのである。そこから脱するために、「原誠」は「谷口大祐」という別の過去をもらい、里枝とともに生きたのだ。

また、この「谷口大祐」の正体を探る視点人物である弁護士の城戸《きど》章良《あきら》は「在日三世」である。すでに日本国籍を取得しており、妻と子どもを持ち平穏な生活を送る彼自身も、ふとした時に自分の生い立ちを考えることがある。例えば東日本大震災後に「嫌韓」、「嫌中」などの本が溢《あふ》れ始めたことや、日本で行われているヘイトスピーチをはじめとする排外主義の台頭などがそれにあたる。かつては意識しなかったことも、そのような機運が高まることによってなお一層、城戸の意識に自分自身の変えることのできない生い立ちをのぼらせているのだ。本作の「谷口大祐」と城戸のコントラストはより強くこの不変的な性質と、それを変えることの意味合いを意識させる。

『ある男』のラストは、死別して残された里枝と息子の悠人が、「谷口大祐」がどのような人物であったのかを城戸の報告で知ることになる。そして悠人は「……かわいそう……だね。お父さん」と言い、「谷口大祐」を自分たちの家族と同じお墓に入れ、その方がみんな寂しくないだろうと考える。過去を変えていた人間であったとしても、ともに過ごした期間は幸福であり、それを肯定していく。

過去を解体し、人間の一貫性を揺さぶる物語を平野はこれらの作品で描いていった。そして本来ならば、『決壊』のように一貫性が失われることは懊悩《おうのう》をもたらすが、それを転換させ、一貫性を解体することこそに希望を見出そうとしているのである。

■「現実」への無能力感・「生」の消極化

平野は個人という概念を切り崩し、その後、人間の過去を組み替えることを肯定する小説を構想し、それによって個人の苦しみを救う物語を紡いでいった。例えば『ある男』では、どうしようもない遺伝的性質という不変的な要因をどう受け止めるか、ということを通じて「過去の解体」すなわち自己を解体することを見出している。

対して『本心』は、他の平野作品とは大きく違った作風になっている。

『本心』の舞台は約二〇後の未来世界。AI／VR技術を応用したVF（ヴァーチャル・フィギュア）と呼ばれる、仮想空間の中で学習し受け答えをするアバターを作る仕組みがある社会だ。VFは架空の存在から、実際にいる人間まで、様々に作ることができる。

物語は「僕」こと石川朔也《さくや》が事故で死んでしまった母をそのVFで製作してもらうところから始まる。朔也の母は死ぬ前に自分は十分生きたから、そろそろ死のうと思っているということを彼に話す。『本心』の未来世界では〝自由死〟が合法化されており、母はその制度を使って死のうとするのである。その後、母は事故で死んでしまったが、朔也は母がそのように考えるようになった本心を探るべく動いていく。

VFの他にもその場所の風や温度などを再現できる仮想現実システムなど、『本心』には『ドーン』のようにテクノロジーの発展した未来世界が描かれている。またタイトルに「本心」とあるようにこの小説では母親の「本当の心」はどこにあるのか、ということを主題としており、今までの母とのやりとりや人間関係などから現れてくる様々な母親像を浮き彫りにしていくのは、分人主義的な思想が背景にあるからだろう。また〝自由死〟の概念も分人主義から派生した考えであると平野自身が述べている。[6] だが、他の平野作品と本作は主人公の置かれている立場に違いがある。

朔也は高校を中退してしまい、「リアル・アバター」と呼ばれる職業に就いている。「リアル・アバター」はカメラ付きゴーグルをつけて行動し、その映像を依頼者がヘッドセットをつけて見ながらヴァーチャルな体験をしていくというものだ。依頼者の指示を受けて動いていく、まるでロボットのようなものだと考えていいだろう。この職業は未来世界の新しいものだが、依頼者からの嫌がらせのような指令もこなさなければいけない様子も描かれる。また本作には三好と呼ばれる、セックスワーカーとして働いていて辛い経験をした過去を持つ女性が現れる。朔也はリアル・アバターとして働いている際に、「セックスワーカーだった頃の三好も、こんな風に自分の体を抜け出して、意識だけの存在になって、どこか遠い場所で時間を潰していたのだろうか？」と、その職業と自分の行っていることを重ねている。リアル・アバターは自分自身の体を他人へ明け渡し、「自己」をなくさなければいけない仕事なのである。

『本心』で描かれているものは先のディストピア的な状況とその人間像だ。この未来の社会は停滞感のある時代として描かれる。テクノロジーが発達し、富める者と富まざる者の差が激しく開いている。同じリアル・アバターの職に就いている同僚の岸谷は自分の境遇を恨み、日本社会について不満を漏らし、日々「暗殺ゲーム」という昔の首相や富豪を殺していく仮想空間のゲームで現実逃避を行っている。そのような世界の中で、朔也はあらゆることから一定の距離を取りながら物事を見つめる。本文中で彼は、「無感動」が「かなりよく馴致《じゅんち》されて」おり、「だから、生きている」と述べる部分がある。あらゆることを感情を消して行い、ただ生きているのだ。

そんな朔也は、母親が精子提供を受けて産んだ子どもだったことが物語が進むにつれて明らかになる。母親は東日本大震災のボランティア活動後、同性のパートナーとともに暮らすようになり、子どもを育てたいという気持ちから精子提供を受けた。『ある男』でもあったような遺伝と存在の問題がここにも描かれているわけだが、これも朔也の自己を揺さぶる要素だ。これらからわかるように朔也は積極的な「生」を持つものではなく、「どうしようもない自己」を持った人間として描かれているのだ。

また『本心』では多くの「仮想」が現れる。言い換えるとそれは「偽物」だ。母のVFや仮想現実システムなどもそうだろう。

朔也は「誰もが、なにがしかの欠落を、それと『実質的に同じ』もので埋め合わせながら生きている」と思い、そのような仮想に対して「それは、ニセモノなんだ、などと傲慢《ごうまん》にも言うべきだろうか」と考える。「偽物」は実質性を持っている。ゆえに単純に偽物だと言えるかは疑問が残るということだ。朔也は「自分の存在とは何か」や「生きる意味」を問いかけていくが翻って見ると彼自身こそ自分自身がわかっていない。つまり彼の存在こそ「本物」であるかどうか疑わしい「偽物」としてあるのではないかと解釈できるのだ。

問題は、「生きるべきか、死ぬべきか」ではなかった。——「方向性」としては、そう、「死ぬべきか、死なないべきか」の選択だった。

（『本心』）

本作では今までの作品群と違い、生活水準や学歴、そういったものが並、もしくはそれより低い人間である朔也を中心に描いたのは大きな変化である。(7) 近代から続く「個人」の問題から「分人」へ、そして自己の解体へと繋がる中で、描かれていった人間像が右記の引用のようなことを考える「どうしようもない自己」であるのは象徴的なことだ。もちろん、これは作中の朔也の経済状況や生い立ちによるところもあるかもしれないが、高度化されたテクノロジー（リアル・アバター、VFなど）に象徴される現代の延長線上にある社会に普遍的に現れるであろうものである。

これまで「救済」を描いてきたように、『本心』も悲劇では終わらない。懊悩しながらも朔也は前へ進んでいく。朔也はティリというミャンマー人の女性がコンビニで暴言を吐かれていたところに遭遇し、結果的に助けることになる。彼女は中学を途中でやめてしまい日本語がたどたどしかった。物語の最後、そんな彼女に日本語を再教育するNPO法人を紹介する。また彼自身も大学で福祉に関してもう一度学び直すことを考える。ここで朔也は「『言葉』に強い関心を持っていることを改めて意識」する。現実を変えるものの一つとして「言葉」を取り上げていることは、小説家である平野らしい終わり方であろう(8)。

実際の現実が停滞する状況の中で、人間が解体されて不安の中に閉じ込められていく。平野が行ったことは「解体」を現代の生き方として思想化することだった。彼が「分人」という状況を説明する言葉ではなく、「分人『主義』」という言葉を使ったのは、バラバラになった人間を救済する思想を提唱する試みだったのだ。

しかしその後も多くの問題は残る。その一つが『本心』で描かれたような、自己の解体を経て現れた不安定な自己なのである。

次章からは、平野が「分人主義」で示したようにバラバラになった人間を、どう統合するかを考えていく。人間という枠組みへと帰るのでもなく、さらにその先の非人間＝ポスト・ヒューマンとして生きるという道でもない、中途半端な「人擬《ひともど》き」として在ること。これを文学という言葉の営みを紐といて考えていくのが本書の意図である。

（1）複雑系情報社会学などの研究者であり、エンジニアでもある鈴木健は『なめらかな社会とその敵』（二〇一三年）でこの分人概念を使って「分人民主主義（"Divicracy"）」を唱えている。これは投票制度を一人一票ではなく、複数票を自分の中の割合に従って自分が支持したい意見を発信している代議士に委任することができるとする仕組みである。鈴木はこれを実際のテクノロジーによって実現させようとする企てを本書で素描しているが、それはまさに平野がテクノロジーと個人の問題で述べていることと近似している。

（2）ＷＥＢ本の雑誌「作家の読書道」第一五七回（https://www.webdoku.jp/rensai/sakka/michi157_hirano/）

（3）他にも笠井潔は『探偵小説論』（一九九八年）の中で二〇世紀に探偵小説が隆盛したことについて分析をしている。『探偵小説論序説』（二〇〇二年）では、「近代小説の主人公である『人間』なるものは、近代的なシステムが結果として産出したフィクションにすぎない。探偵小説におけるキャラクターの類型性は、近代人の虚構を脅かし、その自己欺瞞を暴露する結果として制度に安住する文学主義者の反感を必然的に挑発する」と書いている。つまり、探偵小説隆盛の時代の背景にも、やはり近代個人主義が空虚なものになっていることがあると述べている。

（4）土井隆義『キャラ化する／される子どもたち　排除型社会における新たな人間像』（二〇〇九年）
（5）「平野啓一郎による平野啓一郎」（https://k-hirano.com/self-introduction）
（6）「平野啓一郎『本心』ロングインタビュー！『強調したかったのは、愛する人が他者であるということはどういうことなのかというテーマです』」（https://ddnavi.com/interview/788237/a/）
（7）英米文学者の小川公代も『本心』の書評にて、『ある男』や『決壊』と比較して、『本心』の朔也を取り上げている（「『本心』は〝恋愛小説〟として読めるか？」https://allreviews.jp/review/5537）。そこでは『ある男』の城戸や『決壊』の沢野崇に比べて朔也の「無器用さ」に着目しているが、平野がここまで社会的地位も低く、無能力感を持った人物を中心に描いたことは一つの転換であると思われる。
（8）『本心』について本書では「擬人化する人間」に焦点を絞ったが、それ以外の論点も多岐にわたる。平野が近年、政治的な発言をSNS上で行っているのも、ここに描かれる社会の問題が色濃く影響している。それはロスジェネ世代の就職難や貧困化が問題化した二〇〇〇年代以降続く日本の停滞感、政治状況の悪化、格差問題、またそれに付随する人々の「生きること」に対する消極性などである。

また、本章で平野文学の一部を「救済」と述べたが、平野自身、『本心』ではその文学が与える効果について「本当にいいのか」ということをしきりに問いかけている。その一つが「心の持ちよう主義」と呼ばれる考え方として登場する。これは登場人物の小説家である藤原を批判するものとして出される言葉だ。つまり、貧しさや不幸なども全て心の持ちようで何とかなる、というものである。文学は時に、読んだものの心性を変えるものだが、逆に言えば、心を変化させてその現状を受け入れることを肯定してしまうことにも繋がっていく。それは現実逃避とも言えるだろう。ここまで書いてきた平野の「分人主義」もそのような批判にさらされる可能性がある。つまり、現実の人間の考え方を変え、そこに順応していくことは、諦めではないか、と。果たして文学の役割がそれでいいのかを、平野は『本心』を通して考えているのである。

第六章　二項対立のリミックス――古川日出男論

■ヒントとしての古川日出男

現代社会で人間は近代以降に想定された「個人」や「自我」を持った「人間」から離れた存在になっていった。それを本書では「擬人化する人間」と定義した。ディストピア状況を背景に「バラバラになった自我」＝「どうしようもない自己」が出現していく。平野啓一郎の諸作品をはじめ、ディストピア作品で描出されていた、どこか自己を客観視し、「生きるべきか、死ぬべきか」ではなく、「死ぬべきか、死なないべきか」という消極的な生の在り方に基づく自己像を持っている人間がそれにあたる。

寄る辺ない現代においてバラバラになってしまった「自己像」をどうしていけばいいのか。ここで近代的主体・近代的自我を今一度希求することは、ここまで「人間の解体」が進む中では難しいのではないか。平野の「分人主義」という概念はその中で自己像を結ぶための考え方として機能していた。本書ではこのような「自己像の再構築」を現代の文学を通して考えていきたいのだ。

そのヒントとなるのが古川日出男という作家だ。古川は一九九八年にデビューしてから四半世紀小説を書いており、『アラビアの夜の種族』をはじめ、『聖家族』や『おおきな森』といった原稿用紙一〇〇〇枚を優に超えるメガノベル・ギガノベルなどと称される重厚な小説を発表している。また他にも朗読劇や演劇の脚本など幅広い分野で活動を行っている。

なぜ古川日出男がヒントになるのか。古川は平野のように「分人主義」などのわかりやすい概念を提唱しているわけではない。しかしそこには共通した時代意識があり、その乗り越えを小説を書くことによって行っていると考えられるのである。

■「正統」と「異端」

古川日出男の作品は「正統」／「異端」や「真」／「偽」、「純血」／「雑種」、「中心」／「周縁」などの二項対立を浮き彫りにしていく。そして描くのはあくまで「正統」、「真」、「純血」、「中心」から外れた「異端」や「偽」、「雑種」、「周縁」とされているものだ。特に初期の作品はそのような特徴が顕著に見られる。

『サウンドトラック』は六歳の男の子・トウタと、四歳の少女・ヒツジコが中心の物語だ。トウタはクルーザーで海に出ていたところ父親が波にさらわれてしまう。ヒツジコは心中を図った母親とともに客船から海に放り出されるが、たまたまあったボートによって一人助かる。二人はともに無人島に流され、そこで出会い約二年をサバイバルして過ごしていく。そしてその無人島の野ヤギ駆除のために訪れた都庁職員によって発見・保護され、人口の少ない小笠原諸島の父島で暮らすことになるのだ。その後二人は島の小学校に通うが、ヒツジコはその小学校の教師である佐戸川の養子になり東京の内地へと向かう。

加えて本作のもう一人の中心人物であるアラブ系の親を持つ子ども・レニはアラブ人街となった神楽坂で暮らしているが、日本の小学生とともに過ごす教室の閉塞性を嫌い学校に行かなくなる。またレニは男児として学校に性別を届けているが、実際には自分の「性」を自在に変えることができるという特性を持つ。それは場所や周囲の人間に対応して女性にも男性にも意識によって変化することができる「多性」だという。またそれに応じて日本語の一人称「僕」、「俺」、「あたし」なども変えている。

彼ら／彼女らは家族や世間などから外れた者たちだ。そもそもトウタとヒツジコは親が死んでしまっている。血縁、つまり「本物」の家族というものを失っている。さらにトウタは一八歳になると里親のもとを離れ、単身東京へ行く。またヒツジコは佐戸川の養子になり愛情を受けていたが、その家庭に娘が生まれると拒絶され始めてしまう。そしてレニも国籍ゆえに周囲から敬遠されている。三者はもともとある枠組みの外へ弾《はじ》き出されている。レニの性別の定まらなさもその象徴であるだろう。

そもそも『サウンドトラック』の舞台設定も同様の構造がうかがえる。本作は実際に発行された二〇〇三年より少しだけ先の、二〇〇〇年代後半の近未来が描かれるが、物語の中では日本国内の外国人急増による移民排斥運動が行われている。これは「正統」な国民と「異端」の国民を分ける意識によって生じるものだろう。

世間から外れてしまった彼ら／彼女らは戦っていく。ヒツジコは養子家庭からの拒絶をきっかけにある能力に「目覚める」ことになる。彼女の踊りを見たものは、何かにとりつかれたように不可解な行動をとる。ヒツジコが通う女子校の多くの生徒がこの踊りによって自己を保てなくなっていくのだ。また、ヒツジコの踊りを見ても自己を保てる「免疫体」と呼ばれる人間を集め、ヒツジコは戦闘集団である「ガールズ」を組織し、東京を滅ぼそうとする。

またレニはある鴉《からす》と打ち解けクロイという名前を付け交流していく。しかし、クロイの雛《ひな》とその巣が「傾斜人《けいしゃじん》」と呼ばれる赤城神社の周辺に住む民族集団に襲われる。レニはその復讐をするために動き、たまたま出会ったトウタもそれを手伝うことになるのだ。

「あんたがさ、この世の中をあっちとこっち側にわけてるなら」とトウタがふいに言葉をするすると紡いだ。「俺はこっち側につこうと思うんだよ」

(『サウンドトラック』)

トウタはレニにこのように言う。「あっち」と「こっち側」というのは抽象的な表現だが、もともとある「正統」な枠組みが「あっち」で、そこから外れたものが「こっち側」だと解釈できるだろう。

このように古川日出男は二項対立を浮き彫りにして、あくまでメインから外れている「異端」を中心に描く。

このような傾向は「正統」と「異端」以外にも「歴史」という主題にも現れてくる。古川作品は史料を下敷きにして、書かれているものが多い。だが、歴史小説というわけではなく、フイクションとして別の歴史を焦点化している。

例えば『ロックンロール七部作』では、実際のロックンロールの歴史をなぞりながら、物語が進行していく。第一部から始まり第七部、そして最後に第〇部が来る構成となっているが、それぞれの章はロックンロールに関するトピックスと繋げて書かれている。


　これは贖罪なの。戦争の世紀であった二十世紀の。あの世紀のための。あたしたちが歩み去った世紀よ、死ぬな、ロールしろ、とあたしは言うの。

　戦争の世紀の代わりに、あれはロックンロールの世紀だった、と言うの。

　あたしは断言するの。


（『ロックンロール七部作』）


一般的に二〇世紀は「戦争の世紀」と言われる。世界大戦にフォーカスして語られることが多い時代だ。しかしその焦点化された歴史とは別の歴史は無数にある。二〇世紀の大戦後に目を向けた「ロックンロールの世紀」はその中の一つにあたるだろう。本作はフィクションではあるが、そのような大きなメインストリームの歴史＝正史ではなく、その裏で紡がれていた出来事＝外史を描いているのだ。

「正史」と「外史」、「正統」と「異端」といった二項対立。そしてこれは表現的な部分にも及んでいる。例えば古川作品に出てくる人物は「異名」を持つことが多い。『サウンドトラック』のトウタとヒツジコはそもそも十歌《とうた》と羊子《ようこ》という名前であり、その他にも『ロックンロール七部作』や『LOVE』、『MUSIC』などの登場人物たちも同様に、ニックネームなど本名とは違った名前で描写されていく。

『ハル、ハル、ハル』は一三歳の少年・藤村晴臣《フジムラハルオミ》と一六歳の少女・大坪《オオツボ》三葉瑠《ミハル》、四一歳のタクシー運転手・原田悟《ハラダサトル》が登場する。晴臣は弟とともに親に捨てられ、母親が残した一〇万円をもとに生活をする。弟は学校でいじめられており、無視されるようになる。晴臣はそんな弟に対して次のように言う。

おれはお前のガッコのみんなに名前を付けるよと晴臣は言う。タコ星人にしろ。異星人はＵＦＯに乗っててお前の友達でウルトラ・クールだ。パンツだって穿いてる。でもタコ星人はパンツだって穿けないいんだぞ。足が八本もあるから。パンツの穴が足りねえ。
「きゃはははは」と弟は笑う。

（『ハル、ハル、ハル』）

無視してくる学校の人間を「タコ星人」と茶化した名称にすることで馬鹿にする。もともとあった名前を変化させることで、現実の存在を変転させようとしているのだ。晴臣は家出をしている三葉瑠と会うのだが、この二人も便宜的に姉と弟を演じるために、それぞれの名前から「ハル姉」と「オミ」という名称で互いを呼び合う。またその後、手に入れた拳銃を使い、タクシーをジャックし千葉県の犬吠埼を目指す。その運転手の原田悟も三葉瑠から原田悟の最初と最後の文字で「ハル」になると指摘される。そんな三人の「ハル」が出会ったことに三葉瑠は運命を感じている。

ここに出てくる藤村晴臣をはじめ、大坪三葉瑠、原田悟は悲愴な現実を送っている人たちだ。三葉瑠は母親の度々の再婚により父親が変わる。本文中でもそれは「甘美な家族ではない」と書かれている。また悟も会社の昇進レースから脱落しリストラされる。その後、三度職を変え、年収が減り鬱病を発症、家族にも出ていかれてしまう。その現実から脱出するかのように、三人は犬吠埼へと向かっていくのだ。

自分の名前を変更することは世界を異化する行為だ。自分自身の眼前にある悲愴な状況を変えることと名前を変えることはリンクしていく。

古川は世界の「異端」の物語を描くがこれだけだと単に「正統」と「異端」という価値を相対化した小説だということになってしまう。しかし、古川作品の「正統」と「異端」といった二項対立の問題はもう少し入り組んでいる。

■人間と動物

ここで別の古川作品で描かれる二項対立を見ていこう。それは「人間」と「動物」だ。古川作品の大きな特徴の一つに動物がよく出てくることがある。例えば、犬、猫、鳥、牛、馬などといった存在が、人間よりも焦点化されることが多々あるのだ。

『ベルカ、吠えないのか?』(以下『ベルカ』)は犬の血統についての物語だ。出自の異なる軍用犬である勝、北、正勇、エクスプロージョンという四頭から始まり、戦争が終わると「軍用」という任から離れ、野生の犬と交配し、雑種の子犬たちが生まれてくる。さらにその子犬たちが成長し、交配を繰り返していく様子が描かれる。『ベルカ』は一九四三年から一九九一年まで、軍用犬の行く末を描いていく。

そして並行して描かれるのは、ロシアの元ＫＧＢ（国家保安委員会）の暗殺者である老人に人質にされる日本人ヤクザの娘の話だ。まだ一〇代前半の少女は連れ去られたことを不服に思いながら、老人とその仲間、また戦闘用の犬たちがいる通称〈死の町〉で過ごす。そこで、老人は自分の連れている老犬に関することを娘に話していく（娘は日本人なので、言葉は通じず、老人の一方的な発話であるが）。

「娘、わかるか？　祖国《ソビエト》が消えてしまう前の年に、おれがただ一頭、殺さなかったイヌだ。このベルカを、おれは逃した。おれの手が作りあげてきた血統を、おれ自身の手で根絶やしにすることはできない。だが、それを祖国《ソビエト》は命じた」

（中略）

「あるいはロシアは。ロシアの歴史は命じたのだ。だからおれは歴史を裏切ったわけだ。おれは、お前の乳母役のあの女に、このベルカを預けた。余生を送らせるつもりで、だ。ふたたび血統をつづけさせる気はなかった。本当に、なかったのだ。おれが真剣に隠退していたようにな」

（『ベルカ』）

その老犬の名前はベルカといい、国の命によって殺さなければならなかった軍用犬たちの一頭だったが、その元軍人の男は殺さなかった。そして本作で描かれていた犬たちの物語は、最終的にベルカに繋がる血統のものだということがわかる。

このことからもわかるようにやはり本作もロシアの「正統な歴史」とは別の、「隠された歴史」を扱う。『ベルカ』が一九九一年というソビエト連邦＝冷戦構造の崩壊までを扱っているのも意図的なものだろう。「二十世紀は二つの大戦が行なわれた世紀だった。いわば戦争の世紀だった。しかし、同時に、二十世紀は軍用犬の世紀でもあったのだ」という本作の記述も先の『ロックンロール七部作』と同じだ。「正統」と「異端」の対比構造は変わらずに描かれる。

しかし、『ベルカ』はそんな大文字の歴史とは別の歴史に加え、人間ではなく、犬の歴史を扱うという二重の「外部」を描く。犬と人間は違う種族とされているが、本作はその二種を違う存在でありながらも同等の立場であるかのように扱っているのだ。

『ベルカ』では人質の少女が、もともと犬についていた名前である「ストレルカ」と命名される場面がある。またその後、彼女に関して「少女は日本人だが、本当は日本人ではない。人《じん》ではない。犬《けん》だ」と語られる。人間である少女に犬の名前をつけるこの場面は、人間／動物の枠組みを消し去る象徴的なものであるだろう。

古川作品において特筆すべきは、動物の視点から描かれるのではなく、あくまで第三者である何者かの語り手によって、語られることだろう。『ベルカ』もそのような第三者の語り手によって物語が紡がれる。他にも動物を軸に描いた『MUSIC』では、何人かの登場人物やスタバと呼ばれる猫への焦点化を行ったり来たりして物語が作られていく。そしてここでも『ベルカ』同様、「第三者の語り手」がそれを行うのだ。

その猫にはまだ名前がない。いずれは名前が付けられる。その雄猫にはスタバと。しかし、いまはまだ名前がない。それどころかまだ目も見えない。スタバは（いずれスタバという名前を与えられる猫は）目が見えない。生まれたばかりだから。

（『MUSIC』）

もちろん、これは見てわかるように夏目漱石『吾輩は猫である』のパロディだ。「吾輩《わがはい》は猫である。名前はまだ無い。／どこで生れたか頓《とん》と見当がつかぬ。何でも薄暗いじめじめした所でニャーニャー泣いていた事だけは記憶している」というのがその書きだしだが、こちらは猫が人間社会の様子を眺め、客観的な視点でそれを風刺する小説になっている。しかし、古川作品はそもそも語り手が異なっているのだ。『MUSIC』でも猫の内面を書いたような描写は出てくるが、あくまで別の語り手がそれを代弁するように語っている。つまり人間と動物が混然一体となった第三者から語られるのである。これは先の『ベルカ』も同様で、第三者である語り手がそのように動物と人間を同等に扱いながら物語が進行していく。近代日本文学を代表する作家である夏目漱石は人間を客観視するためのカメラ的な「装置」として動物を語り手として登場させているのに対して、現代（＝脱近代）の作家である古川日出男は第三者の視点／語りによって人間と動物を同等・同質の存在として扱っているのだ。[1]

人間と動物という区分を作りつつも、対立ではなく同等のものとして扱っていく。先に挙げた二項対立も同様のことが言えるだろう。あくまで描くのは「異端」の部分だが、それは「正統」に対抗するものとしてではない。いうなれば「異端」を「正統」と同等のところまで浮き上がらせて、一つの「世界」として組み替えているのだ。

初期の古川作品はこのような「正統」「真実」を相対化していくような小説を描いていた。しかし彼が小説を書くことを通じて行っているのは、相対主義的な行為ではなく、再構築なのである。単純な対立を生み出すのではなく、二項を浮かび上がらせてともに世界へと組み込むことを行っているのだ。

■「物語ること」と実定性としての主体

世界の表層から隠されたものを浮かび上がらせ、もう一度世界に組み込む。分割しながらも、それをもう一度組み直す（＝再構築する）こと。古川が行っているのはこのような行為だ。

またもう一つ古川作品を語る上で欠かせないのが「身体性」である。古川作品の身体性を指摘する議論は多く見受けられ、作品自体も、踊りや肉体による戦いなど、あちらこちらで言語ではない身体を照射している。しかし、この「身体性」も単純なものではない。

例えば「身体」というテーマを扱った古川作品に『ボディ・アンド・ソウル』がある。本作の語り手は「僕」こと「フルカワヒデオ」だ。「僕」は執筆を続けながらも、日常生活を過ごす中で様々な物語の構想を思いつく。まさに書くこと自体が生活の一部になっている。そんな作家である「僕」の内面が軽快な文体で描かれていくのが本書の内容だ。しかし、本作は後半でその様相が反転していく。ある部分から語り手が「僕」から「あたし」に変わるのだ。この「あたし」とは「僕」の妻であるチエだ。しかし本作の前半でチエがすでに死んでいるということが書かれている。そんなチエの幻想を「僕」はたまに見るのだが、物語の途中で、「語り手」としてチエが登場していく。

書ける。書きたい文章があるときに、僕は書きだせる。
いい、それを。
僕は、あたしが、と記す。
レポート用紙に、無印《ムジ》のゲルインキ・ボールペンで、あたしが、と記す。
あたしがゲラを読むとき、あたしはそれを思い出す。すでに喪失してしまった暮らしを思い出す。

（『ボディ・アンド・ソウル』）

このようにある部分では「あたし」と「僕」が交互に語り手として登場し、当初、「僕」＝作者である古川日出男だと思われていたが唐突にその性質を変えてしまう。

本書の最終盤でこの「僕」は「あたし」＝チエが「僕」を装って語っていたということが判明する。「二〇〇二年の初冬からあたしは古川日出男という筆名を用いはじめる。あたしは夫の死を認めない。だから、あたしは死なせないために、書いた」とあり、死んでいたのはこの「僕」＝「フルカワヒデオ」だったということがわかるのだ。

本作のジャンルは一見すると私小説だ。これは意図して構成されたものだろう。「私小説」は自分自身のことを「ありのままに書く」ジャンルの小説である。もともとは、日本では明治時代にフランスのゾライズムなどの自然主義が輸入され、形を変えて発展してしまった。自然主義文学は事物をありのままに観察し描くという自然科学的な手法によって作られた文学である。しかし日本では「事物をありのままに描く」という行為が「自分自身を赤裸々に描く」と誤解され、田山花袋『蒲団』に代表されるようなスキャンダル小説めいたものになってしまう。

私小説は「語り手」と「作者」を等号で結ぶものである。そもそも「僕」の本名も「フルカワヒデオ」であり、またそこで構想されている小説も作家・古川日出男があたかも書きそうなものが登場する。読者はこの「僕」＝作者だという思い込みで読んでしまうだろう。しかし、この「僕」は作られた虚像だということがわかる。いうなれば、作者＝語り手という私小説的な「私」を解体している構造になっている。

フランスの批評家であるロラン・バルトは『物語の構造分析』の「作者の死」という論文の中で、書かれるあらゆる文章は「テクスト」という「記号の織物」に過ぎず、作者を絶対視することはおかしいという指摘をしている。今までの「作者」という特権的な存在は近代によって作られたもので、そんな作者優位の価値観を組み替えるような批評だ。(2)

私小説とは作者でもある語り手が作品内で描かれるという構図のジャンルだ。しかしバルトが述べる「作者の死」を自覚させるかのように、『ボディ・アンド・ソウル』は「語り手」が作者と同一だという錯誤を与えるような描写をあえて行った後に、「語り手」は「作者」と同一のものではないと作品内で示していく。「作者」という特権性を壊している作品であるとも言えるだろう。しかし、本書は——内容や形式においても——「作者を殺す」というところで終わっていない。

物語の構想が氾濫して、僕に宣告する。ただ執筆するために生きろ。お前が存在可能なのは、語れるからだけだ。……そうか？　そうなのか？　僕は物語を生みだしはしない。物語が僕を生みだしている。

僕は通過されて、僕は生きる。

（『ボディ・アンド・ソウル』）

本作で書かれている「僕」＝作者は虚像のものでしかない。そして「あたし」＝「僕」という奇妙な等価を提示する。この構造は非常に複雑だ。最終的に「あたし」と「僕」のどちらがこの物語を書いているのかがわからない（もしかしたら最後の「あたし」が言った「夫の死を認めない」という言葉も「僕」によって書かれているかもしれない）。まるでルビンの壺のだまし絵のように「僕」と「あたし」が存在している。これは作品と作者の関係にも当てはまるだろう。作品を書く「作者」は存在するが、そこに出てくる「語り手」は作者自身ではない。しかし、実際に小説を書いている作者自身は非存在でありながらも存在している。そんな非存在である「作者」というものが実際にいると思わせるような構造になっているのだ。

本作は作家の創作の話でもあるので、作品の人称に関して数人の編集者とのやりとりが出てくる。その中の一人である郡司珠子と「僕」が次のように会話する。

「問題はね」と郡司珠子はいう。「人称なんですよね」

「一人称とか、三人称とか？」

「そう。三人称のファンタジーになるのか、一人称の幻想文学になるのか、二人称のポストモダン実験小説になるのか。ただ、フルカワさんの作品においては、そういう枠組みはいいの。あまりこだわらないでも、いいの。どうせ定型にならないしぃ。あたしが想像しても無駄だしぃ。ただね、読者から遊離してはだめです。だから、誰がその小説を書いているのか、誰がそれを物語っているのか、がね、きわだたないと。小説をひっぱるのはキャラクターでしょ？　語り口でもいいんだけれど、その人物の魅力によって、作品の成否は決まると思いますよ」

むむう。

「ねえ」と郡司珠子は繰り返す。「誰がこれを語っているかなんですよ」

（『ボディ・アンド・ソウル』）


古川作品自体、様々な語り手が登場する。それこそ一体誰が語っているのかはわからないが、何者かであることはわかるといった具合だ。しかしその語り手たちは古川日出男と同一視されて読まれることは、おそらくほとんどない。(3)『ボディ・アンド・ソウル』はその中でも例外的なものだが、やはりこの作品自体もその「語り手」と「作者」の構造的関係を忌避するもので、さらにそこから「作者」が立ち上がる可能性を示唆したものになっている。そしてこの構造は他の作品にも言えることだろう。つまり、古川日出男ではない、謎の第三者である「語り手」によって作品が描かれるが、それは作者が完全にいないことを示しているのではなく、そこで立ち上がってくる「作者」の存在もまたあるということだ。

言い換えるならば、これは「作者の死」に対する抵抗でもある。「書くこと」「物語ること」によって「作者」を存在せしめる。本作には「僕」こと「フルカワヒデオ」と打ち合わせをする何人かの人物が出てくるが、その一人が「物語ること」について「僕」に問いかけるシーンが幾度かある。「どうして、物語りつづけているんですか?」「君はどうして物語りつづけなければならないのでしょう?」といった具合だ。本作の「僕」や「あたし」が書かれることによって存在していったように、「書くこと」は特権的な作者は存在しないと「作者」の存在をただ無化するものではなく、作者の存在を実定せしめる「主体」形成の場でもあると言えるだろう。

■『聖家族』と失語的経験

右に挙げたことを踏まえると、古川日出男にとって、「書くこと」は手段だけではなく目的になりうる。不断に書くということ自体が「主体」を作ることとなっているのだ。

『聖家族』は歴史や血統、中心と周縁、人間と動物の問題や語り手の問題が盛り込まれた小説になっている。本作は東北にある狗塚《いぬづか》家の歴史の話がメインに描かれる。狗塚らいてう、その子どもの真大《まひろ》、また孫の牛一郎《ぎゅういちろう》、羊二郎《ようじろう》、カナリアの三人の話が前半部分にあたる。記録されている「正史」とは別の狗塚家の記憶の話を年代を超えて描いているのである。

狗塚牛一郎は子どもの時に神隠しに遭う。そしてこの世界とは別の東北へと連れていかれる。そこで牛一郎は羅刹《らせつ》の技を学び、殺人を行うための方法を習得する。牛一郎はこの世のことを「整理された」「図書館みたいな」世界だと述べているが、今いる世界の記録としての「正史」に対して、本作はそれとは違った「外史」、「偽史」を描く。

また追記するならば、本作が描く「東北」が別のものであるというところもポイントになってくる。批評家の佐々木敦は、古川は各作品で実際の土地を背景としている「地図のような小説」を書いているが、それが実質的な地図としてのものではないことを指摘している。[4]例えば『LOVE』では様々な「東京」の土地が細かく描かれるが、それは古川自身が実際に訪れて「体感」した東京の各地である。これと同様にこの東北も「正史」とは別に、「地図」上の実質的な土地と対比されるような別の東北という空間を浮かび上がらせているのだろう。

このように『聖家族』は様々な解体と構築を繰り返し行い、作られていった。あるイベント[5]での発言によれば本作はスペインにある「サグラダ・ファミリア」をライバルとしていたというが、そのような「構造物」として小説を書いていたのだ。

しかし、古川は『聖家族』を機に書けなくなったと述べる。『聖家族』は、世間からこの作品のことは〝黙っておこう〟という匂いを彼自身感じたという。またその後、出版した『MUSIC』は評価されたが、それ以降頭打ちになってしまったと本人は語っている。そして試行錯誤をしていた際に起こったのが、二〇一一年の東日本大震災だった。

古川日出男は東北出身の作家だ。東日本大震災で自分の故郷・福島が被害を受ける。彼自身、

この現状に際し、実際に福島を訪れて「書かなければいけない」と思うが、失語に陥ってしまう。(6)

震災後すぐに書かれた作品が『馬たちよ、それでも光は無垢で』(以下『馬たちよ』)だ。しかしこの作品は非常に歪《いびつ》なものになっている。まずは『ボディ・アンド・ソウル』で指摘したような私小説における「語り手」=作者という関係性の解体はここでは例外的に行われていない。「語り手」=「私」は明らかに作者・古川日出男となっている。二〇一一年三月一一日に起きた地震に対して作者である「私」の内面が綴《つづ》られていく。

ここで描かれているのは、避けきれない「世界」という外部性である。小説家である古川自身が描くものは「フィクション」であるが、東日本大震災という現実の出来事の大きさゆえに自分自身が福島へと赴くことになった実際の経験を綴っている。作中でも「問題は私が小説を書いていないということなのか。書けない」と書かれる。先の『ボディ・アンド・ソウル』の論理でいうのであれば、「主体」は言葉によって現れ、作家自身の肉体は低く見積もられてしまう可能性がある。しかし、古川自身が震災によって直面したのは「書く」主体である小説外部の「作家」という実存があるということである。これは当たり前のことかもしれないが、「主体」を「言葉」によって構築している/た「作家」という「主体」の立場から言えば衝撃的なことだ。古川は今まで外部の現実を言葉によって構築していたが、言葉よりも実際の外部の現象の方が作者の身体性に影響を及ぼしてしまったのだ。

だが、厳然たるもう一つの現実が「古川日出男は小説家である」ということだ。この葛藤の中で『馬たちよ』は書かれる。そのため作品内で繰り返し「書け」という命令が下される。そしてドキュメンタリー調の『馬たちよ』は徐々にその様相を変え、作品の途中で『聖家族』で登場した狗塚牛一郎が登場し「俺」という語り手として語り始める。「現実」と「虚構」が入り混じり、「私」＝作者＝古川日出男と「俺」＝狗塚牛一郎が対峙していく。『ボディ・アンド・ソウル』と対比してみると、この『馬たちよ』の描写の異質さが際立つだろう。

つまり、古川日出男は「言葉」だけで主体を作り出すということで終わらなかったのだ。震災という現実で否応なく現れた避けることのできない「私」性を、もう一度感じ取っていく。言葉だけではない、小説の外部にある「私」性を今一度加味して「書くこと」を始めていく。

■Re:

古川はその後、「私」と対峙していく。その「私」は東北に実際にいた「私」であり、小説家である「私」だ。震災後、彼は特定の作家しか読めなかった時期があると述べていた(7)。その一人が宮沢賢治だったという。宮沢賢治は東北出身であり、農学や科学の知識を持ちながらも、童話や詩を書いていった作家である。古川はそんな宮沢賢治の『銀河鉄道の夜』を『ミグラード　朗読劇「銀河鉄道の夜」』として戯曲化したり、彼の詩の朗読を震災後に行っていく。自作の朗読は震災前から実践していた。しかし震災後、古川は自分の作品ではない、外部である他者の作品を意識的に取り込み、同時に「リライティング」を手がけるようになる。『南無ロックンロール二十一部経』もあとがきで書かれているように、もともとあった作品に「再プロダクションを施」したものとなっている。またその後『女たち三百人の裏切りの書』で『源氏物語』の「宇治十帖」を再解釈し、『平家物語』の再翻訳を試みている。さらには先に挙げた宮沢賢治に関しても、『グスコーブドリの伝記』を『グスコーブドリの太陽系　宮沢賢治リサイタル&リミックス』と書き換えを行っている。

もちろん、かつても外部的なものを取り込んでいなかったわけではない。『二〇〇二年のスロウ・ボート』はもともと村上春樹の『中国行きのスロウ・ボート』のリミックスとして書かれたものだった。ただ、これらの他者のテキストが有する外部性はそもそも作家としての古川日出男自身のルーツにあたるものであった。『文藝　特集・古川日出男』（二〇〇七年秋季号）での読者Q&Aでも村上春樹以外の作家をリミックスしたいとは思わないと述べている。

しかし、震災後の古川は自分の作家的ルーツとは別の文脈にある作家たちを意識的に取り込み、またそれに関して「書くこと」を行っていく。佐々木敦は『馬たちよ』で執拗に書かれる「推敲せよ」という部分に着目しているが、[8]それはもとからあるものを「書き直す」ということだ。この書き直しによって、作品を再構築する。そして、ただ書き直すだけではなく、自分が書いたものとは別のテクストを取り込み、それをさらに自分の作品に落とし込むということを行う。つまり自分の作家的ルーツとは別の作品を意識的に「読むこと」を行っていったのだ。そしてこの「読むこと」が「書くこと」に繋がっていく。この「読むこと」と「書くこと」の循環によって新たな作品を生み出している。

つまり、これを先の構図に当てはめると、古川日出男の「主体」性の生成は「書くこと」だけではなく、自ら「読むこと」という要素が入り込む。そしてこの「読むこと」が主体へと還元され、またその主体が「書くこと」を行うのだ。「書くこと」とは何か、そして「書く」「私」

とは何か、という問いかけを自覚的、意識的に取り入れた作品をその後書いていく。

そのような「書くこと」だけでなく「読むこと」を自己言及的に行った小説が『おおきな森』になる。登場人物たちを見ていっても丸消須《まるけす》ガルシャ（ガブリエル・ガルシア＝マルケス）、防留減須《ぼるへす》ホルヘー（ホルヘ・ルイス・ボルヘス）、振男《ふりお》・猿《さる》＝コルタ（フリオ・コルタサル）、坂口安吾、宮沢賢治、小林秀雄といった様々な作家をモチーフにしている。また、さらに本作は「第一の森」、「第二の森」、「消滅する海」という三つの世界で話が進んでいくが（その後はまた新たな世界が出てきて様々に横断をしていく）、その中の「消滅する海」では「私」という小説家が登場する。見ていくと、この「私」はまた作家・古川日出男と思《おぼ》しき人物なのである。彼は小説を書いているが、そこで描かれるのは、自分が「書く」ということと、それを「書く」上で行う「読む」という行為に関する物語になっている。本作はもちろん自叙伝ではない。むしろＳＦでもありファンタジーでもあり、推理小説でも冒険小説でもあるフィクションのごった煮だ。だが、この過度なフィクション性が今までの古川作品のようにひっくり返って自分自身の作家という主体へと帰っているのだ。

さて、本章では「書くこと」と「読むこと」を通して一つの「主体」を形成する古川日出男を考察してきた。さらに「再編成」することによる主体の生成というモチーフの暗喩的な作品として読み取れるものに『平家物語　犬王の巻』（以下『犬王』）がある。

『犬王』は『平家物語』から古川日出男が紡ぎだした外伝的物語だ。舞台は室町時代、登場人物の友魚《ともな》（＝友一《ともいち》、友有《ともあり》）は、海人《あま》（海に潜って貝や海藻などをとる人々）の家で生まれる。ある時、友魚は父とともに、都の人間から地図をもらい、壇ノ浦の海から剣を引き揚げる。するとその剣の刃から閃光が走り、友魚は失明し、父は頓死してしまう。その剣は三種の神器である「草薙《くさなぎ》の剣」であった。音だけの世界を生きることになった友魚は都へとのぼっていく。友魚は旅の途中で、琵琶法師に師事する。琵琶法師が語る平家の物語を聞いて、その物語をさらに探求したいと思うのだ。そして修行し、琵琶法師になる。

そしてもう一人の登場人物が犬王だ。犬王は比叡座という近江猿楽の一派である家に生まれる。しかし犬王は呪われており、その姿は非常に醜怪なもので、一家からは仮面や手袋などを強いられ、顔や身体を隠したまま生活させられる。そのため、犬王は猿楽の一員にもかかわらずその芸能を教わることはなく、家の外に放置されていた。しかしそこで犬王は兄たちの稽古を覗《のぞ》き見てその技を盗む。そしてその足さばきを盗むと、彼の足は尋常なものとして新生するのだった。

やがて犬王と友魚は出会い、演目をともにする。平家の物語を琵琶で友魚が「語り」、それを犬王が「演じる」のである。その演目が評価され始めると、平家の物語の中に「犬王」自身の物語を組み込んでいき、やがてそれが都で話題を呼ぶ。そして演じるにつれて、犬王は変化していく。顔や身体がその物語に伴って美しくなっていくのだ。

ここまでの古川日出男という作家の在り方を踏まえれば、この物語は非常に巧妙な寓話になっている。平家の物語というかつての物語を取り込み、それを語り、また新しい物語を再編して組み込むことによって、新しい「主体」を手に入れていく。それはまさにこの作家の在り方ではなかったか。

今一度、本書の問題提起へ戻る。バラバラになってしまった現代の主体をどうすれば再構築できるか。古川日出男は「書くこと」＝「語ること」、また「読むこと」によって、解体と再構築を繰り返し行っていた。しかし古川日出男の作家としての言葉による「主体」の再構築の在り方は誰も真似することのできないものだ。ただ、そこからヒントを得ることはできる。それを敷衍《ふえん》して、本書で提示した問題を解決する糸口を摑《つか》みたい。

（1）田中和生「日本近代文学の臨界点　古川日出男『LOVE』『MUSIC』と吉田修一『横道世之介』をめぐって」（「小説トリッパー」二〇一〇年秋季号）では本書と同様に夏目漱石『吾輩は猫である』と『MUSIC』を対比し、欧米では都市空間の描写から近代文学が誕生した、という流れが日本では逆転して生じていることを論じている（『吾輩は猫である』＝近代文学→

『MUSIC』＝都市空間）。
（2）ロラン・バルトの「作者の死」はいわば、作者から読者へのテクストの解放だと言える。本書でも述べているように作者の絶対性を解体し、作品を読んだ人の数だけ、多様な解釈のあるものとして、万人の読者へ開いた。またそのことによって作者を絶対視しないテクスト論が生み出されていく。しかし残った問題が「作者」、つまり書くものという「主体」の疎外だろう。加藤典洋は『テクストから遠く離れて』でこの問題に取り組んでいた。つまりもう一度「作者」をどう立ち上がらせるのか、というものだ。本書の「主体の再構築」は加藤のこの議論と地続きになっている。
（3）倉本さおり「読者と対峙する身体性　古川日出男論」（「三田文学」二〇一六年秋季号）でも、古川の「語り手」に触れて、本来一般的な日本語の文章であれば透明な語りを使うはずであるにもかかわらず、それらはノイズを意識的に含んでいると指摘する。またそれは「作者の自意識と単純な等号で結んで片づけるべき要素ではない」と述べている。
（4）佐々木敦「ROUTE/VECTOR　あるいはフルカワヒデオ・リローデッドその1」（「ユリイカ　特集・古川日出男　雑種《ハイブリッド》の文学」二〇〇六年八月号）
（5）ジュンク堂池袋店で行われたトークイベント、古川日出男×佐々木敦「今だから語れる『聖家族』、そしてデビュー15周年」内での発言。またこれは古川日出男・佐々木敦『「小説家」の二〇年「小説」の一〇〇〇年　ササキアツシによるフルカワヒデオ』（二〇一八年）にも収録されている。
（6）古川日出男＋重松清「牛のように、馬のように　「始まりの言葉」としての『馬たちよ、それでも光は無垢で』をめぐって、そして「始まりの場所」としての福島／日本をめぐって。」（『早稲田文学　記録増刊　震災とフィクションの〝距離〟』二〇一二年）
（7）古川日出男、宮澤賢治『春の先の春へ　震災への鎮魂歌　古川日出男、宮澤賢治「春と修羅」をよむ』（二〇一一年）
（8）佐々木敦『シチュエーションズ　「以後」をめぐって』（二〇一三年）

第七章　「私」という虚像――羽田圭介論

■羽田圭介という「奇妙な」作家

前章で取り上げた古川日出男は人間の解体と再構築を行っていた。その一つが、人間と動物という二項対立を浮き彫りにし、人間と動物の関係の枠組みを再構築するというものだった。そして、古川自身は「書くこと」と「読むこと」によってもう一度自分自身を作り直していた。この作家的態度は現在の「人間（＝主体）の解体」に対する一つのヒントになるのではないか。

近代はそもそも「人間」を価値の中心に据えていた。いわゆる「ヒューマニズム」＝人間中心主義と呼ばれるものだ。ルネサンス期から存在するこの考え方は、「神学」や「動物的」なものと対立する形で「人間」存在に価値を置く。例えば理性に重きを置くような合理主義がその典型である。しかしこの人間中心的な考えは、現在様々な問題を引き起こすものとして見直され始めている。例えば原発や環境問題などに代表されるような科学技術の限界は、合理主義の帰結として捉えられる。人間的なものを絶対視し、自然をコントロールしようとした結果であることは、多くの言説で示されるところだ。(1)

現在、「ポスト・ヒューマニズム」という言葉が注目され始めているが、それは様々な問題が浮かび上がってきている近代の人間中心主義、つまり「ヒューマニズム」の先の思想潮流を指す。例えば「思弁的実在論」や「加速主義」、「新実在論」などのキーワードがあるが、いずれも人間中心主義の次を考えるための言説だ。

「人間の解体」もヒューマニズムの先に起きている事象である。アイデンティティ、自我、自由意志などは、近代的な人間中心主義の中で措定されていった概念だ。しかしそんな自明だと思われていた「人間」は今や切り崩され始めている。現代社会に蔓延《まんえん》する停滞感や不全感は個人的側面に起因するだけでなく、社会的側面も強い。その一つにテクノロジーの発展や思想の変調などによる「人間」の在り方の変化を挙げることができる。ここまで述べてきた「どうしようもない人間像」＝擬人化は経済的不安や個人の内面の問題だけでなく、「人間が非人間化される／てしまう時代の人間」という自己矛盾を孕《はら》む社会状況があるために起きていることでもある。人間は人間であることからは逃れられない。しかし、社会は非人間化を推し進めている。個人の振る舞いは至る場面で定量化されている。わかりやすい例を挙げるなら、スマートフォンは移動した歩数や自分の健康状態を自動で記録し「改善」を促す。かつては人間自身がコントロールしようとしていたものを、外部装置が勝手に定量化していく。そこに人間的意志はほぼ必要ない。それ以外にも、マイナンバー制度やＡＩによる行動分析なども人間を定量的に扱うものとして挙げられるだろう。自分の存在がデータとして客観的に扱われることによって、自分の主体は希薄になっていく。近年の著作であれば、成田悠輔『22世紀の民主主義　選挙はアルゴリズムになり、政治家はネコになる』は、新しい民主主義の提言という意味からも注目されベストセラーになったが、まさにこのようなデータやＡＩなどを用いたものとしてある。

　では、これらはよくないことなのかというとそうではない。現代社会において様々な利便性から得られる恩恵は多い。本書で目を向けているのはそこで起きてしまう「私」の消滅をどのように考えるかということなのである。

　ここでもう一度整理しておきたいのが「言葉」と「情報」についてだ。先に書いた人間中心主義はロゴス＝言語中心主義でもある。人間は言葉を扱うという面において、諸動物と異なっている。かつては言葉はオリジナルのコピーとして、つまり記号と考えられていたが、世界を分節、認識するという人間の意識作用を形成するものとしても言葉は捉えられるようになる。いわゆる言語論的転回と呼ばれるものである。つまり「人間的な意識」は「言語」によって作られていくものだ、と言い換えられる。

　情報学者の西垣通は、現代社会における言語から情報へのパラダイムシフトを指摘しているが、ここでもやはり措定されているのは言語＝人間中心主義という考え方だ。ただ、西垣はここでこの情報学的な転回を人間中心主義を乗り越えるものとして考えている。人間だけでなく、全ての動物が扱う「情報」に焦点をあてることによって、様々な問題にアプローチできるのではないか、という主張である。そしてここで想定されているのは、「人間と諸動物」ではなく「生物と機械」という対立であり、行き過ぎた近代合理主義による人間の機械化を再考しているのだ。(2)

　この西垣の論を援用して考えていきたい。つまり、非人間化された人間の苦悩が現代社会には生じているが、着目したいのは「人間」に付随する「動物性」だ。人間と諸動物は確かに異なるものである。人間は意識や理性、言語を持っている。だが、それと同時にどうしようもなく動物的な要素も所持している。それこそ食事や排泄など生理的行為を行う身体は、人間以外の諸動物と変わらない。

哲学者の檜垣立哉は「動物と人間のあいだ　哲学的視点から(3)」という文章の中で、人間と動物の差異に関する哲学的な問いについて考察している。彼はこれを「古くて新しい」問いだと言い、そもそもヨーロッパ哲学では身体的なものと心的なものを二つに分け（＝心身二元論）、その心的なものの方に自己である本質、つまり人間の特性があるとしている。しかし、そうはいっても感性的な身体が、例えば文化活動などの人間的営みに必要ないのかと言われたらそれは違うだろう。そうなると身体と精神を分け、精神の方に人間性があるという考え方はもう一度問い直されていくと檜垣は言うのだ。

ここに「非人間的人間」＝擬人化する人間を考え直す契機がある。「人間の解体」が生じる一側面としては人間をデータ化＝機械的に扱うことがあるが、それは近代合理主義＝人間中心主義の行きついた先のものだ。これは非常にアイロニカルなものである。そんな行き過ぎた人間中心的な考えをもう一度、「身体性を含めた言葉」を通して考え直す。

ただそれらを「言葉」を通して考えるのは、これまた人間中心的な発想になってしまうという危惧もあるかもしれない。確かに「言葉」は理性的な「人間的なもの」だが、同時に「身体的なもの」でもある。それこそ言葉は「声」でも伝えられるが、「声」は他の動物も発する。つまり先の西垣の論で言うならば情報伝達の道具という意味では、諸動物とも変わらない。つまり

「言葉」＝論理＝人間性だけで捉えてはいけない。「言葉」はそこに付随する身体＝動物性も含めたものとして考えるべきなのだ。

古川日出男作品は「動物」と「人間」の枠組みを再編する文学であった。また「書く」という身体を伴った行為自体に意味を見出している古川は「野生の文学《ワイルド・リット》を追って」という評論を書いているが、このタイトル通り彼の作品は、いわば頭でっかちな言葉＝人間性だけを使ったものではなく、動物的身体までも取り込んだ野生的なものとして書かれていることを前章で詳細に論じた。

言葉と身体という問い。精神と身体について檜垣が言うように、これも確かに手垢のついた「古い問い」ではあるが、現代のテクノロジー社会においては「新しい問い」になりうる。現代のバラバラになった主体を問うために、近代以降の人間中心主義ではなく、かといって人間性を全て捨て去るわけでもない、今一度人間を再考するためのものとして機能するのではないか。

前置きが長くなったが、本章では「身体性と言語」を小説的主題として描いている羽田圭介の作品を読み解いていく。羽田は二〇〇三年に第四〇回文藝賞を当時高校生で受賞し、その後二〇一五年に芥川賞を受賞している。芥川賞受賞待ち会でヘビーメタルバンドの聖飢魔Ⅱの厚塗りメイクを行い、その写真がネットで話題となった。そしてその後はその奇抜さも相俟《あいま》って注目されるようになり、バラエティや旅番組など様々なテレビ番組へ出演するようになった。それ以外にもYouTubeで動画配信を行ったり、役者としてドラマに出演したりしている。小説家である彼がそのようなことをするのは、売名や宣伝、また好事家《こうずか》のようにも見えてしまう。

しかし、彼の著作を見ていくと、そのような単純さはない。それこそ、現代における身体性と言葉の関係を深く考えているように思えるのだ。

■「肉体」という主題

羽田圭介作品を見ていくと、「肉体」が焦点化されている作品が多くあることに気づく。もちろん、人間を扱っている限り「肉体」が関与するのは当然なのだが、まさしく運動や性交、生理現象などが、小説内の一部の描写だけでなく作品のテーマになっているのだ。例えば、『走ル』は男子高校生の「僕」が授業をさぼり、乗っていたロードレーサーで何の目的もなく北上していく物語になっている。もちろん、ただ自転車に乗っているだけではない。「僕」が携帯を所持しているため、彼女や友人、家族とのやりとりが自転車を漕《こ》いでいない折、繰り広げられる。急に学校からいなくなった言い訳、また彼女以外の女性へのアプローチなど、自転車で誰も知らない土地へ行きながらも人間ドラマが展開される。そして運動する身体についての記述が至る所にある。

> ペダルの一回転の積み重ねが一〇〇キロにも一〇〇〇キロにも繋がっていっただけだ。食べた物が燃料となり、身体を動かす。その単純さは、走ったことのない人にはわからないのかもしれない。
>
> （『走ル』）

「僕」は意図せずにどんどん距離を伸ばしていく。多少の逡巡《しゅんじゅん》はありながらも、東京から青森県まで走りきる。このように『走ル』は肉体自体を焦点化しているが、他にも『不思議の国の男子』(二〇〇六年刊の『不思議の国のペニス』を改題)は高校一年生と年上女性との性愛を描き、また『御不浄バトル』はトイレという排泄を行う場所をブラック企業社員の避難所《アジール》として描いている。これらの作品では身体について否が応でも意識せざるを得ないだろう。

そもそも『盗まれた顔』の文庫解説で作家の西加奈子が指摘するように、羽田は「効率主義的なシステムに対する個人のアナログな反抗」を小説で描くことを中心に置いて執筆している。現に『盗まれた顔』は「見当たり」と呼ばれる、被疑者の顔を警察の捜査官が暗記し逮捕へと至る物語である。もちろん監視カメラや画像認識技術がある現代が舞台であるが、それらでは捉えきれない犯人の「顔」を人の眼によって探し出すというものだ。主人公の白戸《しらと》は捜査共助課に配属されて五年間、そんな「見当たり捜査」を行う。本書では「アナログ」な捜査を行う白戸の微細な神経の動きが描かれる。

目の奥が、弛緩《しかん》する。

その感覚に導かれるように、白戸は群衆の中に現れた一つの顔へ一瞬だけ目を向け、視界の左斜め前からやって来る男の顔を目の端で捉《とら》え直した。

自分の眼前を通過する直前に再びその横顔を正視し、目尻と耳の形を頭に叩《たた》き込む。

あの顔を、間違いなく自分の脳は知っている。目の奥が緩むほどの親しみを感じるのだ。

（『盗まれた顔』）

『盗まれた顔』では社会がデジタル＝技術的なものにがんじがらめになっている。例えば、白戸が同棲している千春は出会い系サイトで知り合い、警察はNシステムというナンバープレート照合システムを使って犯罪捜査を行う。そこでは何が起きているのか。白戸が銀行ATMの指紋認証で金を引き出そうとして、エラーが起きるシーンは次のように描写される。

> 自分が自分であることを機械に対し申し立てているにもかかわらず、〝登録されたあなたの情報とは異なる〟という理由で、承認されない。
> あなたは、あなたではありません。
> 白戸崇正《たかまさ》は、白戸崇正ではありません。
> 機械に登録された白戸崇正と、機械の前に立っている白戸崇正は別人。機械へ登録されていた虚像が、本物を前にし真贋《しんがん》を判別している。
> あなたは、あなたではありません。
>
> （『盗まれた顔』）

また、もともと出会い系サイトで出会って付き合い始めた千春のことも徐々にわからない側面が前景化していく。顔とプロフィールというデータで出会ったわけだが、物語終盤では五年間過ごして彼女のことの「わからないことの多さ」に気づいたと述べている。データ上の人物と現実の人間のズレがここにはある。デジタル的なものに囲まれることによって起きているのが、「アイデンティティ」の揺らぎだ。平野啓一郎作品で見られたような「自己同一性」の崩壊と同様のものがある。

同年に出された『隠し事』は「家庭内ストーキング小説」と銘打たれているが、視点人物の「僕」こと鈴木が同棲している彼女の携帯の通知をたまたま見たことにより浮気を疑うようになり、より詳しく調べようとする内容だ。様々なことを疑いだした鈴木は、同じ会社の小橋という女性に相談したり、寝ている間に彼女の携帯を盗み見たりし始める。決定的なものを見つけられず、悶々《もんもん》とし、どんどん疑いを深めてしまう。

決定的なことがわからないまま、最終的に彼女に携帯を盗み見ていることがバレてしまう。その時言われるのが「ねえ……私のケータイを見て、私のことがわかった？」という言葉である。実在の自分と携帯の中にある情報としての自分。実際に自分自身が扱っている情報であるが、そこには乖離《かいり》がある。

感覚を尖らせていく内面を精緻に描写していく本作は、確かに人間の身体に即しており、デジタルと対比的なアナログ的感性を表しているといえる。しかし、「肉体」の主題をこのような単純な構図で見てしまうと一面的になってしまう。

■現代における「抑圧」の引き受けと返済

もう少し深く考えるために、「肉体」を中心に描いている別の作品である『メタモルフォシス』を見ていこう。本作はＳＭプレイを行う証券会社社員、サトウの物語だ。この証券会社はいわゆるブラック企業として描かれており、サトウ自身も顧客を騙《だま》しているという意識のもとセールスを行っている。「割高な手数料ぶんだけ確実に負けることが目に見えている対面型証券会社を利用してしまうような人種」を相手にし、その取引手数料で儲け、高給をもらっている。またサトウの会社の人間は「業界にごく一握りだけ存在する有能地場ディーラーたちのような金融のプロ」ではない。

そんなサトウは次のように考える。

しかしそう遠くないうちに、自分たちは失業という罰を受けるであろうとサトウは予想している。（中略）一〇年後に倒産かリストラに遭うと仮定してもサトウはまだ四〇歳で、平均的な寿命に照らし合わせればその後の人生は四〇年近く続く。公務員になれず民間への転職も難しい状態でこれからどうすればいいのか考えかけるが、いつもと同じように途中で思考は停滞する。

（『メタモルフォシス』）

サトウが資本主義の代名詞である証券を扱っているということは特筆すべきだろう。本書は資本主義社会の中でそこから脱出することも考えず、それを引き受けて、いわば「生きながら死んでいる」ような状態で日々を送っている人々を描く。これは第四章の村田沙耶香論で取り上げたような「資本主義リアリズム」的状況だ。もちろん、仮想的な「終わり」を考えることはできるが（共産主義・社会主義など）、実質的には「終わり」を想定できないのである。

その中で彼が生の実感を持てているのがマゾヒスティックな行為を行うことだ。本書のマゾヒズムには、限界が設定されていながらもそこに近づくという性質がある。その限界が死である。資本主義には終わりが見えない。しかし、マゾヒスティックな行為は肉体的な死＝終わりを設定し、そこを目指すことができる。そしてサトウの行為は肉体の限界＝死に近づきながら、現代社会＝資本主義で停滞してしまっている精神性をもう一度取り戻すものになっているのだ。

本作の導入部では「背中にハローキティの刺青!?　多摩川支流で見つかった身元不明男性遺体に囁《ささや》かれる〝噂《うわさ》〟」というSMプレイの末に死んだ者の記事が描かれる。視点人物のサトウは記事を見て、クワシマという人物に思い至る。クワシマは知り合いのマゾヒストであり、彼は切腹プレイ、つまり「死」を至上の目標としていた。最終的にそれを叶え、雑誌にそれが事件として掲載されるのである。このことと対比するように本作の最後、サトウも生きるか死ぬかのプレイを行う。彼自身もその限界＝終わりへと自らを投じることによって、より精神的な高みを目指そうとするのだ。そこでサトウは「ぼくは死にたくない」と思い、他のマゾ仲間などに、生きてこの絶望的状態を話したいと考える。

誰かの真似や、受動的に読みとってもらうのではなく、自分自身の言葉で伝えたい。クワシマと違う言葉で、自分というマゾヒストを表現する必要がある。彼の言葉と自分の言葉は違うのだと、サトウはその身をもってようやく理解することができた。

自分は他の誰かに、自分の言葉を勝手に語られたりはしたくない。そのためには、生きて戻らなければならない。

（『メタモルフォシス』）

誰かの手によって雑誌の記事に書かれるという主体の消滅をサトウは忌避する。本書は肉体の終わり＝死を目指しながらも、その限界まで自身を追い込むことによって自分自身の精神性＝主体、そして言葉を取り戻すという構造になっているのだ。いうなれば、資本主義で引き受けた精神的「抑圧」を肉体で返済しているとも言える。

もう一作、『メタモルフォシス』と同様の構造を持っていると羽田が言う、芥川賞を受賞した『スクラップ・アンド・ビルド』を見てみよう。健斗は祖父と母とともに暮らす青年であるが、ここでも「肉体」に焦点があたる。ともに暮らす祖父は八七歳でいたって健康であるが「早う迎えにきてほしか」と繰り返し自虐的に振る舞う。もちろん実際に苦しみながらそのようにぼやいている面もあるだろうが、この言葉は本当の願いかというと首を傾《かし》げる部分がある。例えば、健斗は俊敏な動きで台所でピザを盗み食いしている祖父を目撃し、また祖父が風呂場で溺れそうになった時にバタついて生にしがみつこうとしている様子も見ている。つまり祖父はそのような自虐を行うことによって、言葉を隠れ蓑《みの》にし暮らしているのである。

本書の描く社会構造にも「終わりの見えない」介護の問題がある。もちろん、最終的には「終わり」はあるものだろうが、いわゆる介護疲れという言葉に象徴されるように地道に付き合っていくしかないので、精神的な面で先が見えにくい。また総合病院をサロン代わりに通院している老人たちを見て、「一割から三割だけしか医療費を負担せず、残額を負担するために現役世代がおびただしい額の税金を徴収される」と健斗は考える。加えて健斗は二〇代後半で行政書士資格試験の勉強をしているが無職である。祖父とともに実家で暮らし、日々介護を行うという現実だけが目の前にある状況である。これらのことを踏まえると、健斗は社会的にも個人的にも先が見えない状況であると言えるだろう。

肉体の衰えを訴える祖父を見て、健斗は次のように思う。

祖父がさする箇所の半分以上は、関節等ではなく筋肉の部分だ。健斗もここのところ、全身のあらゆるところに筋肉痛がある。現役世代の健斗にとって痛みとは炎症や危険を知らせる信号であり、筋肉の痛みに関していえば超回復をともなったさらなる成長の約束そのものである。つまり、後遺症や後々の不具合がないとわかれば苦なく我慢できる。しかし祖父にとっては違う。痛みを痛みとして、それ自体としてしかとらえることができない。不断に痛みの信号を受け続けてしまえば、人間的思考が欠如し、裏を読むこともできなくなるのか。

(『スクラップ・アンド・ビルド』)

健斗は祖父の筋肉と自分の筋肉を対比させて考える。なんとなく手持ち無沙汰で始めた運動によって徐々に健全な肉体を謳歌《おうか》するようになっていくのだ。

彼は祖父のために自発的尊厳死を促すような行動をとっていたが、最終的に祖父が生にしがみついていることを認識しそれを改める。ダラダラと続く「生」に対して「終わり」=直接的なシステムの遮断をもたらそうとするが、結局はできない。やはりここでも抗えないシステム

＝介護などに対して、筋力トレーニング＝肉体によって精神性を前に進めようとしていく。

そしてここで着目すべきは、このような意識は祖父という自分よりも「衰えた肉体」があって初めてもたらされたものだということだ。健斗自身、「祖父がなによりも嫌がる階段の上り下りを、こうしていとも簡単にできてしまっている」という意識を持っている。本書の最後に健斗は就職を決め、実家を離れることになるが、その電車内でも「ふと、優先席の老人に目が向いていて、祖父を探していたことに健斗は気づく。自分より弱い肉体が、そばにない」というように思っている。『スクラップ・アンド・ビルド』で描かれるのはシステムに対しての単純な抵抗や否定ではなく、その中でも自分自身の精神性を再生させるためにはどうすればいいのか、ということなのである。

■擬人化にどう向き合うか＝半人間・半ゾンビ

羽田はただ「肉体」を描いているというわけではない。資本主義や介護などといった終わりなきものに従事するため、ある側面で見るならばその肉体は「死んでいる」のだ。そんな「死んだ肉体」の再生プロセスを『メタモルフォシス』と『スクラップ・アンド・ビルド』では描いている。

そして「死んだ肉体」というワードで一般的に連想されるのがゾンビだろう。羽田はそんなゾンビものの定型を使用した作品の『コンテクスト・オブ・ザ・デッド』も書いている。本作はゾンビが街を闊歩《かっぽ》している日本が舞台になっており、『メタモルフォシス』や『スクラップ・アンド・ビルド』とは違い虚構性の強い設定の群像劇だ。また作品内ですでにゾンビの存在は周知されているが、数が少ない時は特に危険視することなく人々は過ごす。二部構成の本作で第一部ではそれほどまでに深刻視されなかった事態が、第二部になると急転し、多くの人間がゾンビ化していく。

なぜ人間がゾンビ化するのか、明確な原因は本作中では明かされないが、ゾンビ映画のお約束通り、ゾンビに噛《か》まれることによってゾンビ化していく。しかし作中ではそうではない人間も出てくるのだ。そして、その人間はどうやら周囲に蔓延する「お約束」＝コンテクストに従わず、自分の考えで動くことのできる者であるらしい。

本作では希《のぞみ》という女子高生が出てくる。彼女は作中のある時にゾンビに噛まれてしまいゾンビ化が進んでいくが、ちゃんとした意識を持っている。そんな彼女の同級生は本当かどうかわからない「ゾンビ化の放射能原因説」を信じ中心的メンバーの呼びかけによって、関東近郊の高校生五〇〇人で「反原発」の抗議運動を日曜日に行うことを決める。彼らは自分自身で「ハンゲンパツ」と書かれたTシャツを作り、それを着て活動をしようとする。その行為に対して希は「省庁の休日に、高校生の都合優先で集まって、その声は誰かに届くのか」、「こんな東京郊外の高校の一室でTシャツを着て手を繋いでそれがなんになるんだ」と疑問に思う。そしてTシャツを着ることにも「私は着たくない」と反発し、ゾンビ化が「放射能が原因かどうかもわからない」と指摘するが、クラスの人間からは「ゾンビになった人の前でもそんなことが言えるの？」といった言葉や「フキンシン！」などの非難を受ける。だが希はそんな批判にも屈せずにいた。そしてそのまま、日曜日は活動に行かずにいるが、週明けに五〇〇人の生徒が東京でゾンビ化してしまう。ただここでは、ゾンビに一斉に嚙まれたり嚙みあったりする様子は見られなかった。

本作でのゾンビとは空気や同調圧力、見えない文脈を重視して自分の考えを放棄した存在となっている。それに対し希は周囲の空気＝コンテクストに対して圧力を受けながらも、抵抗する態度を示す。そのために完全なゾンビ化を免れている。また希はその後、ゾンビ化した友人を嚙むことによって、相手を再人間化することに成功する。そして「救世主」としてあがめられるが、全ゾンビがそのように人間に戻るわけではなく、人間に戻れなかったゾンビは爆死するのだ。再人間化するのはそんな圧力から何とか逃れられる素養を持った者であり、爆死するのはコンテクスト＝文脈という圧力から脱することのできない者ということだろう。

この構図は主に震災後にネット上を中心に起きていたポリティカルコレクトネス（＝ポリコレ）と呼ばれる政治的に正しい用語を使う態度の「行き過ぎた側面」を戯画的に書いているものだと考えられる。震災後の状況論である辺見庸『瓦礫の中から言葉を　わたしの〈死者〉へ』でも集団的な過剰抑制行動を指摘していたが、現代ではネットによって集団的な同調圧力は強まっている。もちろん、空気を読む行為自体はかつてもあったが、情報化社会の昨今はそれがより先鋭化されているのだろう。そのようなコンテクストに従うことは主体性を消すことになる。それがゾンビ化として描かれている(4)。

加えて、本作は希以外にもKという専業作家を焦点化していく。彼は一〇年前に新人賞を受賞してデビューし、その後十数作書いている作家であり、どこか羽田圭介本人を連想させる（もちろん、本人の情報と違う部分もいくつかあるが）。そんなKは現在の出版不況を憂え、またそれに付随した自分の立場も顧みる。しかし編集者である須賀とのやりとりでは次のように思われてしまう。


「さて、最近はいかがなさっていましたか」

「色々と、これまでの仕事、これからやるべき仕事を見つめ直していました。この業界で、どうやれば死なずに生き残っていられるか、と」

須賀は内心驚きを禁じ得なかった。

あなた、まだ、自分が生きていると思っているんですか?

（『コンテクスト・オブ・ザ・デッド』）


『コンテクスト・オブ・ザ・デッド』は現在の出版界と作家・羽田圭介が置かれた状況が書かれているメタフィクションでもある。羽田自身インタビュー上で、本作を書くにあたって、二〇〇〇年代のいくつかのゾンビ映画を見た際に、嚙まれたらゾンビになるという「お約束的な要素」を無自覚に取り入れてしまっていることで映画が面白くないものになっていると指摘する。そして、それは純文学も同じで、狭い界隈に閉じこもることによって面白くないものになってしまっているのではないかと述べていく。純文学の作家たちは純文学の中のお約束＝コンテクストを意識して書き続けている。しかしそれは定型化＝ゾンビ化を招くものであり、言ってしまえば自分の意志がない思考停止であるということだ。現に作中でKはゾンビに襲われている時に次のように思う。

引用した言葉の上に積み上げられた借り物の道徳や感情は精神から離れてゆくばかりで、それに対する焦りすら薄れていった。どうせぜんぶ盗んだものにすぎない。二一世紀初めの日本に生きる自分たちの間でしか通じないそれらが、精神から剝がれ落ち消えてゆくのは、むしろ自然な気がした。そして盗んだものを奪われたぶん、精神的な空腹感におそわれ、その飢えを満たしたい強い衝動に駆られる。引用したり盗んだりした言葉や道徳、感情で満たされたなにかが近くにないだろうか。それに嚙みつけば、飢えを満たせる。

（『コンテクスト・オブ・ザ・デッド』）

自分自身の飢えを満たすためには、かつて積み上げられたものに嚙みつくこと、つまりコンテクストに乗ることだ。そのことによって自分が感じている精神的な飢えを満たす＝作家としての安心感を得ることができる。しかし、ここまで見ればわかるように、それはゾンビ化＝死を意味するということだ。『コンテクスト・オブ・ザ・デッド』はゾンビ物というフォーマットを少し脱構築して利用したり、出版社や文壇内部の様子を描いたり、と「純文学」という一般的な枠組みで考えるのであれば少々ズレた内容になっている。しかしそれ自体が本作のテーマを形式化したメタ的な構造となっているのだ。

さて、これだけだと現代の「空気を読む」社会に対する風刺か、空気や文脈＝コンテクストを読まずに生きていこうという安易な説教で終わってしまう。だが、本作で読み取れることは「文脈」を読まないことではない。

希はゾンビを人間に戻すことのできる存在だった。一見すると彼女は空気を読まない存在の象徴に見えてしまうかもしれない。しかしよく考えてみると、彼女は噛まれたという原因から一度ゾンビ化している。つまり、どんな形であれ、コンテクストの中に存在しているのだ。その中で彼女は自分自身で考えている。本当に正しいものは何なのか、何をすればいいのか、ということを。

希は自分の両手も見てみるが、同じように少し青っぽく見えるような気もした。

自分の行動が正しかったのかどうか、自信がもてなくなってきていた。ただこれからは、もっとちゃんと見て、ちゃんと考えるようにしようと希は思った。

やがて、日が沈んだ。

（『コンテクスト・オブ・ザ・デッド』）

希は半分はゾンビであり半分は人間なのだ。だから完全にコンテクストから逃れることはできない。しかし、これはよく考えると妥当なことだ。人間にとってコンテクストは必要なものである。コミュニケーションにおいて、文脈がなければ意図が伝わらない可能性がある。つまり完全には文脈からは離れられない。コンテクストをただ無視すればいいというわけではないということである。

ただ、それが行き過ぎるとゾンビ化してしまう。主体性もなく、意志を持たない存在。そんな側面を持ちつつも、人間的な考えを持つ。Kの方も最後はゾンビに噛まれてしまい、自分がゾンビなのか救世主なのかわからない状態で終わる。しかし本作がメタフィクションとしての小説であるならば、救世主というのはゾンビから人間に戻す存在、つまり無思考性から意志を持たせるようにする存在であるということだ。それは言葉を持った小説家が、文脈依存的でありながらも、安易なお約束を踏襲した作品を作るのではなく、作品を読ませ相手に考えること＝人間的な思考を持たせるというメタファーとして読み取ることができるのである。(5)

■「演じる身体」を「生きる」

現代において人間はゾンビ的な状況に置かれることが多い。それを羽田は戯画的に『コンテクスト・オブ・ザ・デッド』では書いていたが、そのような身体を引き受けた人間像を肯定して描いている。だから人間性を捨てた人間という矛盾した存在を肯定するのだ。

この作品はファンタジーであったが、それを現実とリンクさせた作品が『成功者K』になる。『成功者K』は『コンテクスト・オブ・ザ・デッド』同様のイニシャルを持つ小説家・Kが視点人物になっている。しかし『コンテクスト・オブ・ザ・デッド』と違い、彼が芥川賞を受賞するところから物語が始まる。受賞後は取材対応などで多忙になるが、特にKはテレビ出演を頻繁に行うようになっていく。本作は小説家が主人公のため執筆などのシーンが多くなるかと思いきや、基本的にテレビ出演やプライベート時の出来事が大半を占める。そんなKのプライベートはファンの女性と肉体関係を頻繁に持ち、また内面は成功者としてのプライドを高く保っている。

本作は少し奇妙な言葉で表すならば「私小説のパロディ」である。もちろんメタフィクション的要素もあるが、虚構と現実がぐるぐると入れ替わり、錯覚を起こすような構造になっている。構造としては古川日出男の『ボディ・アンド・ソウル』と似ている。

『成功者K』のKは現実の作家・羽田圭介として読めてしまう。芥川賞を受賞し、さらにはテレビ出演をしていく。また要所での発言も実際に本人がインタビューなどで言っていたことでもある。そのため、もう少し厳密に述べるなら、「羽田圭介として読まざるを得なくなってしまう」作品だ。しかし本作は決して日本的自然主義の文脈上にある私小説のようなスキャンダル小説でもなく、ましてドキュメンタリーでもない。

家に帰り着いたKは、少し仮眠をとった後、新しい小説の執筆に取り組む。先々週から書き始めている小説だ。『成功者K』を書き上げることで、特に書き直しの作業を通じて、だいぶ勘が取り戻せたとKは自覚している。書き手である自分が小説世界の自分勝手なナレーターにならないよう気をつけながら、あの編集者が言うところのありのままを書いている。ありのままを書いても小説になるのは、自分の才能のなせる業《わざ》なのだろう。

（『成功者K』）

国文学者の安藤宏は、近代日本小説は少なからず作者が作品を書くことで、「作者」を作り出すように演技してきたものだと指摘している。そもそも近代の自然主義小説自体も「ありのまま」をどうよそおうか、という技術の問題だったとある。また私小説においてもそれを書く作家たちが、演じる「私」を踏まえて書いており、加えて読者が作品の登場人物を作者に重ねて読もうとするような受容をするモードがあったのではないかと指摘し、それを読み解くには作家論・表現論・文化論など複合的に考える必要があるという(6)。

現代の私小説作家とされている人物は少ない。二〇一〇年代以降で注目されたのは西村賢太『苦役列車』だろう。しかしなぜこのような状況なのか。様々な要因があるだろうが、一つには、作者の存在がすでに小説を読む以前から情報として流通してしまうことが挙げられる。かつては、小説作品によって作者を想起していたが、現在はテレビやネットなどでその存在を作品以外で規定されてしまう。

羽田圭介という作家も同様に作品が読まれるより前に、圧倒的にテレビで認知された。村田沙耶香との対談上でも、少しでも宣伝になって自分の作品が読まれればということで羽田はテレビに出ていると述べていた(7)。またそれは『成功者K』の作中でもKが述べていることだ。それが「羽田圭介」という作家を、小説を読む前からイメージするきっかけになっている。

そもそもテレビというメディア自体がかつての私小説よろしく「演じる主体」として画面の人間を映し出すものとなっている。もちろん、全てが演技ではないだろうが、出演者は少なからずそのような「見られる主体」として振る舞うようになる。本作のKはそれを強く意識している。

『成功者K』という作品からは奇妙な印象を受ける。ありのままでない自分の振る舞いをありのままに描くという矛盾がここでは起きているからだ。「演じる主体」つまり「確固たる私」が存在しない「私」を本作では描いている。密着取材のスタッフからも、演じることを意識しているKは「本当の顔が見えない」と思われている。K自身は本当の顔を出しているつもりだが、それはそうした「演じる主体」を内面化している「私」を小説内で書いているからだろう。そして本書『成功者K』の中でKは小説「成功者K」を書き綴《つづ》っていく。それについて編集者に次のようなことを言われる。


「どこか、まずいですか……？」

「まず、一人称なのか三人称なのかが、わかりづらい」

「たしかに最近の僕は、一人称的三人称で書いていますけど。それが最も得意なんで」

「いや、この作品は、最近Kくんが書いた他の作品とも違うよ。主人公の名前が、僕にも俺にも彼にも置き換えられる。視点がブレすぎで、落ちついて読んでいられない。人称が説明なしにころころ変化して、人格の持続性が感じられないよ」

「……僕の密着番組をご覧になったんですよね？　あれ、嘘八百のひどいナレーションをつけられて。だから、自分の経験を元にした、露悪的なフィクションを精確に構築してゆくには、この語り方が必要だと思ったんです」


（『成功者K』）

編集者からKは小説を書くことによって、現実を書き換えていると指摘される。そうではなく、現実をありのままに書くようにとアドバイスを受けるのだ。そしてKは言われたように小説を書き直したところ、K自身の成功者という要素が剝奪されていく現実が描かれる。お金がなくなり、自分の車も消え、恋人も他人のフリをしていく。しかし、Kは多少違和感を覚えるだけで、特に慌てる様子もない。物語は進み、さらに書き直すことによってまた成功者Kとしての現実が戻ってくる。本作はもちろん、羽田圭介自身を投影したものになっているが、これを見ていくとその解釈が揺らいでくる。読者は本当にこれは羽田圭介という作家の体験をもとにしているのか、という疑問が湧き、作品全体のリアリティも担保されなくなっていく。この揺さぶりこそ、羽田が本作で行おうとしていることなのだろう。

そんなKは演じることを当たり前だと思いながら生活している。つまりいささかレトリカルに聞こえるが、「ありのままではないものがありのまま」なのだ。さらに先に書いたように、本作は本当にありのままに書いているか怪しい。つまり作品自体も演じられているようにKを描いている。

これらはつまり「演じる身体」を「生きる」ということである。これは少し考えるとおかしなことだ。「演じる」ということは「嘘《うそ》」であり、「生きる」とは現実そのものであるため二項対立的に考えられてしまう。第三章で論じた朝井リョウも「見られる私」とその抑圧を描いていることを指摘したが、『成功者K』でも同様のことが起きている。しかし、本作はさらにそれを「私小説」というジャンル的お約束を使うことによって、もう一度Kの書き換えを行っているのだ。

このように羽田作品は一度「人間」を変化させる枠組みを肯定しつつ、それを変化させようとしている。その人間はただの人ではない。空気を読みすぎてしまう半ゾンビ的存在であり、様々な視点を内面化し演じることを自然に行ってしまうような、「ノイズのある肉体」を持った存在だ。それを言葉に表すことで一度立ち止まり、再人間化を図っているのだ。

羽田の他作品である『ポルシェ太郎』、『Phantom』、『滅私』は『メタモルフォシス』以上に資本主義への問題意識が前面に出ている作品群だ。『ポルシェ太郎』は起業した若手社長が高級車であるポルシェを購入し、『Phantom』では生活を切り詰めて資金を貯め、株に投資をして自分の給与と同じ配当金を生む分身を作ろうと考え、『滅私』では物を持たない生き方を推奨するウェブサイトを運営している。先の『メタモルフォシス』同様、資本主義からは逃げられない。自然の身体ではなく、加工されたノイズのある身体性を引き受け、全面的に否定するのではなく、その中でどう生きるかを描いている。

（1）平賀明彦「近代ヒューマニズム成立の時代背景とその特徴 17、18世紀のドイツを事例として」（『白梅学園大学・白梅学園短期大学 教育・福祉研究センター研究年報』二〇号）、川井陽一「ヒューマニズム教育とその今日的意義 言語並びに古典重視による人間形成の可能性」（『北里大学一般教育紀要』一七号）

（2）西垣通「言語から情報へ 基礎情報学をひらく」（東京大学編『学問の扉 東京大学は挑戦する』二〇〇七年）

（3）檜垣立哉「動物と人間のあいだ 哲学的視点から」（大阪大学生産技術研究会編「生産と技術」六六巻三号）

（4）綿野恵太『「差別はいけない」とみんないうけれど。』（二〇一九年）も東日本大震災後の「ポリコレ」的状況を分析している。市民社会が差別を抑制するためとするポリティカルコレクトネスが出回っている一方で、それに対する息苦しさを指摘し、どう対処するかが本書では述べられている。

（5）藤田直哉『新世紀ゾンビ論　ゾンビとは、あなたであり、わたしである』（二〇一七年）は現代のゾンビ表象を分析しているが、そこでは新しい身体の在り方を提示しており、本書と同様の論点を提示している。

（6）安藤宏『「私」をつくる　近代小説の試み』（二〇一五年）

（7）羽田圭介×村田沙耶香「対談　私たちが受賞で得たもの」（「文學界」二〇一七年三月号）

第八章　フィクションを生きる――又吉直樹・加藤シゲアキ論

■フィクションを生きる者たち

現代の人間は「ノイズのある身体」を持つことを余儀なくされている。自分自身が第三者から客観的に「見られること」が常態化している。

「ノイズのある身体」を持つ象徴的な存在は例えば芸能人であろう。しかし芸能人といっても様々な人物がいる。それこそ役者はもちろんアイドル、芸人、と挙げればきりがない。だが総じてテレビやラジオ、ネットといったメディアに出ることを職業としている彼ら／彼女らは見る者＝観客を意識して振る舞っている。

西兼志の『アイドル／メディア論講義』では、現在は日常生活がメディアに組み込まれているとして、そんなメディア環境と現代の若者の振る舞いの核となっている〈アイドル〉について論じている。西は〈アイドル〉は伝統的な価値観が崩壊し、流動化した社会の中でハビトゥス＝習慣として身体化された傾向性を伝達している存在だと述べる。そして現代の〈アイドル〉は「リアルTV」というドキュメンタリーとフィクションが混じった状況の中で振る舞い、

〈アイドル〉であるというフィクションを自らの日常として生きることを強いられる存在だと指摘する。

本書は〈アイドル〉という特殊な例を述べているようにも見える。しかし、このリアルTV的な状況（＝ドキュメンタリーとフィクションの混交）は単純に現代の〈アイドル〉だけの問題ではなく、スマホで自分の写真や動画を簡単に撮れ、それをSNSで共有・発信できるといった、メディアが日常に組み込まれ始めている一般の人々の問題でもあるのだ。本書の最後には西がこの本を書いた動機が付け加えられているが、自分の教えている学生が自分の写真や動画を簡単に撮れるようになり、その映像を共有することが当たり前になっている状況の中で、アイドル文化のハビトゥスを学生や若者はしっかり身につけているという状況から来るものだったという。ここで指摘されているように、現代はこのような「フィクションを生きる」というある種、語義矛盾したことが自明のこととして行われている。誤解を恐れずに言うのであれば、誰しもが〈アイドル〉のように振る舞うことを余儀なくされている。

そのような「アイドル」に関しては、それらを追う側の強い支持を行う状態を表す「推し」という言葉も注目されている。またその言葉とともに、年々フィクションの中でも「アイドル」とそれを取り巻く環境をメタ的に描くことも多くなっている。文学であれば、二〇二一年に芥川賞を受賞した宇佐見りん『推し、燃ゆ』は、「推し」がいる人間の内面を掘り下げ、生々しく描き出しており話題となった[1]。漫画であれば赤坂アカ原作、横槍メンゴ作画の『【推しの子】』はアイドルとそれを取り巻く芸能界やメディア環境を精緻に描き出し人気を博している。

そんな芸能界の中心である芸能人が小説を書き、大々的に取り上げられることがある。象徴的なものだとお笑いコンビ「ピース」の又吉直樹が二〇一五年に芥川賞を受賞したこと、またアイドルグループ「NEWS」に所属する加藤シゲアキの作品が直木賞候補になったことが挙げられるだろう。他にもミュージシャンの尾崎世界観、元アイドルで俳優の松井玲奈、セクシー女優の紗倉まななど大きい枠組みでの芸能人の小説は枚挙にいとまがない。

もちろん古くから芸能人が書いた文章はあった。川口則弘『芸能人と文学賞〈文豪アイドル〉芥川から〈文藝芸人〉又吉へ』では日本の芸能人が書いた文学作品と文学賞の関係についてのあらましが書かれているが、例えば時代をさかのぼると青島幸男などがおり、現代でも町田康、辻仁成、さだまさし、いとうせいこう、太田光など多くの書き手がいる。しかし、川口の著書からわかるのは、かつては文学と芸能人との間に大きな分断があったということだ。五〇年代から八〇年代にかけて、芸能人の小説が何十万部も売れたこともあったが、これらを文学と捉えるような社会的認識はなかったと述べられている。おそらくこれらはメインカルチャー（＝文学）とサブカルチャー（＝芸能）の違いでもあるだろう。だからこそ、かつては芸能人が小説を書くことはメインカルチャーの権威性の獲得を意図したものが大きかった。それは文学（≠文学賞）の権威性が現在よりも強く担保されていたことに起因する。もちろん、今もそれなりにあるだろうが、出版不況が叫ばれ、これほどまでにメディアが乱立している状況であるならば、かつてよりもその相対的な「権威性」が失われていることは確かだろう。

では、そんな状況の中で彼らが「今、小説を書く」ということはどういう意味を持つのか。文芸評論家・加藤典洋の『テクストから遠く離れて』は文芸批評のパラダイムを踏まえ、その乗り越えを行おうとした評論である。

加藤典洋は序盤に近代的な「主体」を措定する言語観とそれ以降の新しいソシュールの言語観を対比させながら論じる。ソシュールの言語観に基づくのであれば、言葉は書く主体から切り離され、それ自体として存在するといえる。そしてそのようなソシュールの言語観から生まれてきた批評がテクスト論ということになる。第七章でも紹介したいわゆる言語論的転回にあたるものだ。

テクスト論とは作品を作者から切り離して、その書かれたもの＝テクストを読み解く批評理論である。国文学者の石原千秋は『読者はどこにいるのか　書物の中の私たち』の中で一九六〇年代、七〇年代までは作家論、作品論のパラダイムが存在していたが、それらが八〇年代からテクスト論へと移行するようになったと述べる。六〇年代までは作家が特権的な存在としてあり、絶対性を持っていた。しかしそこから作家論の考えを持つ作品論が生まれ、さらにその後バルトをはじめとする、いわゆる構造主義、ポスト構造主義と呼ばれる思想潮流により、この絶対性を剥奪（＝脱構築）していく。つまり作者の書いたものを作者と分離させるのだ。このことにより、書かれたものは作者から切断され（＝作者の死）、読者がそれを読み取り意味を見出せるテクストとなる。言い換えるならば、テクスト論というのは書かれたものを作者中心のものではなく、読者に開かれたものにした理論であったともいえるだろう。

このあたりは文芸批評に触れたことのある人間なら自明のことかもしれない。もしわからない場合も、極端な言い方をすれば作品は「作者の意図」を読み取る必要はなく、読者が自由に意味を読み取ってよいものという考え方が主流となったと考えればよい（ポスト構造主義から出てきたフェミニズム批評やポストコロニアル批評などはこの言い方だと若干説明不足だが、ここでは割愛する)。もちろん、そのような立場はかつてもあったかもしれないが、フランス現代思想から輸入されたこの考え方はある種のイデオロギーとして八〇年代以降蔓延《まんえん》するようになる。

加藤典洋はこのテクスト論の功罪を説く。功の部分は作者と作品の関係を切断し、そこから解放したことを挙げている。それは文学作品の権威の源泉が作者から読者へと移行し、読者の数だけ作品の解釈があるという多様な読解を許容するようになったということであろう。そして罪の部分は作品の価値を決定できないことだ。テクスト論の立場は「このようにも読める」という態度で臨むため、普遍的な読解ができない。

これらを文芸批評の危機として本書では捉えているが、それだけの話ではない。もう少し踏み込んで解釈するのであれば、これは現在の「私」の消滅、及び言葉の届かなさと結びつく。テクスト論は「ポストモダン思想とりわけポスト構造主義の思想一般と同様、他の思想、他の批評理論の価値を否定し、これを相対化することは得意だが、自分から新しい普遍的な価値、批評原理を提出することについては不得意」なものだ。現代=ポストモダンの価値相対化はここまでの議論でも見てきた通りである。価値の足場がなくなっていき、何が正しいのかわからない状況になっていく。この状況と文芸批評はリンクしている。そこで起きていることは作者という存在の死、つまりは主体の消滅だ。ポストモダン期の文芸批評イデオロギーであるテクスト論は、我々が現在直面している主体が消滅してしまう事態を反映している。

そして『テクストから遠く離れて』ではその文学状況に対峙する。作者という主体をもう一度立ち上げようとするのだ。ただそれは実際の「作者」ではなく、「作者の像」というテクスト＝言語から読者によって立ち上がるものとしてである。

なぜ文学テクスト、より厳密にいうなら虚構テクストを書くことが、人間の行為として、他にない大きな意味をもつのかと言えば、これが、発語主体が現実の自分ではなくなる、現実の自分から解放される、ほぼ唯一の表現のケースだからである。

（『テクストから遠く離れて』）

ある文学作品を読み解く際に現実の作者とテクストを切り離して論じるテクスト論は、その作品から生み出される「作者の像」を措定して初めて妥当な言説になりうると主張するのだ。ここにもう一度作者という主体が立ち上がる契機がある。

現在は文芸批評が指摘するような作者の死と同様に、主体が消滅する事態が起きている。それをもう一度構築するために現代の小説家たちが言葉を紡いでいることはすでに論じたところだ。

■「人間らしさ」への憧憬——又吉直樹論①

又吉直樹は芸人として活躍中の二〇一〇年代に小説を発表した。お笑いコンビ「ピース」として活動を行いながら小説を執筆し、『火花』で芥川賞を受賞したのである。そんな又吉直樹の作品には彼自身の経験が色濃くうかがえる。

文筆家の仲俣暁生は又吉作品の『火花』と『劇場』を指して「ド文学」と形容した。[2] 情景描写の不在（＝ポストモダン文学）と私小説的な自然主義描写の復活（＝日本近代文学）という二つを併せ持つ小説をそう称している。その意味合いは、どこか現実味を帯びていない記号的な世界観でありながらも真面目な内面を描こうとしているものといったところだろうか。又吉作品を「コスプレとしての『近代文学』の演技を演じる」という指摘は言い得て妙である。

僕たちはすでに確立的な自己を保てない位置に立っている。つまり誰しもが人間としての自意識に疑念を持っている状態（＝脱人間的）なのである。だからこそ、そもそも演じる主体である芸人自体がポストモダン的リアリティ下での存在だ。

そんな中で芸人である又吉が書くのは、主体の回復のための小説である。つまり「人間」になるための文学である。

『火花』は、又吉直樹自身の職業である芸人が主人公の小説になっている。登場人物の「僕」＝徳永は「スパークス」というコンビのお笑い芸人をしている。徳永はある時に先輩芸人である神谷と出会う。神谷は「人と違うことをせなあかん」という信条のもと、奇抜なスタイルの笑いを行っていた。徳永は彼の笑いの姿勢に憧れ、弟子入りをする。

しかし徳永と神谷の感覚は異なっている。徳永はどこか世間体を気にしてしまう。一方の神谷はそこを気にせずに自分自身の笑いを貫こうとする純粋な人間である。徳永はこのような性質に憧れている面がある。

神谷が徳永に対して周囲の意見について考えを述べる部分が作中にあるが、徳永はライブ後に書かれるアンケートの意見もネットに書かれることも気になってしまうという。対して、神谷は「周りの評価気にしてても疲れるだけやん」という意見や「好きなことやって、面白かったら飯食えて、面白くなかったら淘汰される。それだけのことやろ?」という考えを持っている。徳永はこのように真っすぐに自分の思ったことを貫いている神谷の姿に惹かれているのだろう。

二作目の『劇場』でもこのようなコントラストの登場人物が配置される。主人公は劇作家の永田という男性である。彼は「おろか」という劇団を立ち上げるも、公演は酷評を受け人気も上がらない。そんな中で女子大生の沙希《さき》と出会う。ひょんなことから徐々に親密になっていき、永田は沙希の家に住むようになっていく。一方で劇団も上手くいかずにそのまま何年も過ごすことになる。それでも沙希は永田の考えを「すごい」と褒め、彼を受け入れている。何事にも明るく振る舞う沙希と、ぐだぐだと様々なことを考え、強い自意識を持っている永田は対照的だ。両作ともに純粋な人間と歪《いびつ》さを持った人間の対比関係を配置することによって、主人公の思考の特徴を際立たせていることがわかる。又吉作品の視点人物は反芻《はんすう》的な思考を行う者たちばかりだ。そのような様子が「(近代)文学的」と捉えられる所以なのかもしれない。そしてこのぐだぐだと考えてしまうところに、「自分が人間であることへの懐疑」が隠れている。

しかし『火花』の神谷の「人間らしさ」は破綻していく。『火花』の神谷は徐々に迷走する。ともに暮らしていた女性とも離れることになり、売れることもなく失踪してしまう。それから一年後に徳永は神谷と再会するが、その時の神谷は豊胸手術をして胸が膨らんでいた。そのようなことをしたのはもちろん「面白い」と思ったからだ。徳永は神谷に対して「この人の存在が悔しい」と感じている。

「神谷さん、あのね、神谷さんはね、何も悪気ないと思います。ずっと一緒にいたから僕はそれを知ってます。神谷さんは、おっさんが巨乳やったら面白いくらいの感覚やったと思うんです。でもね、世の中にはね、性の問題とか社会の中でのジェンダーの問題で悩んでる人が沢山いてはるんです。そういう人が、その状態の神谷さん見たらどう思います?」

僕は自分の口から出た、真っ当すぎる言葉に自分で驚いた。

頬に垂れる涙を最早《もはや》僕は拭わなかった。

(『火花』)

これは徳永が思うように「社会的」に至極「真っ当」な言葉である。それこそ現在ではLGBTQへの配慮は社会的な常識になり、発言や振る舞いもそのことを考えて行わなければいけない。しかし神谷は人に面白いと思ってもらいたいがために「社会」というものを考えずに行動してしまう。

もちろん、この行為に対しては、そのようなことを知らないこと自体がよくないという意見が正当なものとして挙げられるだろう。実際差別の問題は「知らなかった」で片づけられない。しかし、だとするならば、そもそも「自然状態」では差別の問題を意識化し得ない場合が多い。ある意味で「教育」をされて初めてその問題を知り、振る舞いを変えていく。そのため複雑な視点が要求される社会は苦しみが多い。わかりにくさゆえに、人は過ちを犯してしまう。逆に言えば複雑な視点が加味されてそれに従って動いてしまうと純粋な「人間らしさ」からは遠ざかる。自分とは違う、見えない周囲を忖度《そんたく》して自分自身の行動指針をどうするかを考えてしまう苦しみが生まれるのだ。それは徳永の「人間らしさ」を剥奪している要因であるのだろう。

社会はそのような「常識」が複雑に絡み合っている。しかし、それを考えた上で行動してしまう人間は果たして「人間」なのか。又吉作品の基盤にはこのような考えがあるように思える。

■「人間ではない者」としての自我——又吉直樹論②

又吉の別の作品である『人間』の主人公で漫画家を目指す永山も、自分の考えをぐるぐるとめぐらし、どこかうだつが上がらない。上京した彼は美術系の学生が共同で生活をする「ハウス」という場所で暮らすことになる。そこには様々な人間がいるが、自分たちが何者かになろうとしているような人物たちが集まっていた。その中の一人である奥という人物と仲良くなる。奥はやがてポーズというコンビの影島道生《みちお》として芸人になり、その後文芸誌で中編小説を書き小説家デビューし、それが芥川賞を受賞する。もちろん、これは明らかに又吉直樹本人を投影している。

影島はもともと同じ「ハウス」に住んでいた仲野太一（=ナカノタイチ）という人物からメディア上で批判を受ける。内容としては「ポーズ・影島道生は芸人であることを放棄したのか？」というタイトルで、芸人としての質の低さを非難したものである。ちなみにナカノタイチ自身は影島が当時ともに暮らしていた奥であることは知らない。

その批判に影島＝奥は「ナカノタイチへ」という長文を通して反論していく。この反論内容は筋の通ったものであり、説得力のあるものだった。しかし単純な反論にしては非常に長い文章であり、それこそ相手との臨戦態勢が言葉から見て取れる。それに対してナカノタイチは謝罪の文章とそのような文章を書くに至った経緯を説明していく。だが、本来ならそれで終わりそうなものだが、またさらにその文章に対しても影島は批判していくのだ。

影島は他にも多くの批判をしていく。それは自分自身に対するいわれもない意見に対する怒りでもあるだろう。ナカノタイチの件、また自分のことを悪く言った文芸評論家がセクハラをして大学を首になったこと、またある女性との関係が話題になった際の反社との交流があるのではないかという噂《うわさ》、またその後、女性が自死してしまったことについて。それぞれに対する自分の意見を堂々と述べていく。影島は彼女を死に追いやった誹謗《ひぼう》中傷について、人々があられもない言葉を発信したことにいらだちを覚えている。SNSについても誰もが個人的に発信できて「有名も無名もない社会が近づいてきてる」と述べる。そうなると民間の浮気調査をやるようなサービスを誰かがやればさらに差別は助長されるのではないかと半ば強引にも見える主張をしていく。これも先に見たSNSによって起きる「見られること」が常態化した社会と同様のものだろう。

そしてまた影島は記者会見で次のように言う。

そんな自分にとって芸人の世界は優しかった。先輩にも後輩にも優しい妖怪がいて居心地がよかった。恐ろしい妖怪も何人かいたけど。俺人間じゃないです。みなさんみたいな人間様とは違うんですよ。

（『人間』）

その会見後、影島は姿を消す。彼がいくらメッセージを発しても何かが変わった気配もない。ただ特定の個人を攻撃する文言を送っていた者の身元が明らかにされると、その人たちへの責任追及をする人たちも一定数湧いて出たという。ただそれを同じように繰り返していくのだろうと永山は感じるのだ。そして永山自身も次のように思う。

僕達は人間をやるのが下手なのではないか、人間としての営みが拙いのではないか。影島の失踪以降、そんな疑問が頭から離れなかった。

（『人間』）

人間であるはずなのに人間をやるのが下手だという感覚。『火花』の徳永も『人間』の影島も同様に感じているこの感覚は、脱人間的なものである。又吉直樹は自身のYouTubeチャンネルでも「『人間』とは何か」と題する動画を数本上げている。もちろん、これは確かに作家本人のパーソナルな部分もあるかもしれない。だが、「演じる主体」は基本的にこのちぐはぐさを感じながら生きざるを得ないだろう。

『人間』は第一章から第三章までは永山の、東京で起きた出来事が書かれ、唐突に第四章で沖縄の実家に戻る。この章はテイストが非常に異なり、自分の家族のたわいのない日常が描かれるようになる。そこまでの永山の鬱屈や嫉妬などと打って変わって、一風変わった家族と過ごす（又吉本人の家族をモチーフにしたものだそうだが）馬鹿馬鹿しい様子が描かれる。この対称性は「周囲の目」を気にして振る舞ってしまう「人間らしくない自分」と自由気ままに過ごし「周囲の目」よりも自分の欲望や目の前の他者と向き合う「人間らしい家族」という関係になっている。

本作は自己認識として人間ではない存在が自身を受け入れ、それこそ「人擬《ひともど》き」として存在していくさまを描く。そんな「人擬き」はおそるおそる人らしくあろうとする。

かつて文学的評価において、「人間が描けていない」ことで低く評価されることがあった。つまり文学の評価軸として「人間を描く」ということがあったということである。しかし、現在のリアリティはそもそも「人間が人間らしくない」という状況なのだ。

又吉直樹の小説は確かに正統な文学のど真ん中の作品かもしれない。それは「人間を描いている」からでもある。しかしなぜそのようなことが起きているのかというと、そもそも又吉自身が人間であるという自意識を持っていないために、人間らしくなるためにそのフリをして書いているからだ。この事情は単純に正統な「文学」を書くことと大きく異なるのである。

■作られる苦悩――加藤シゲアキ論①

加藤シゲアキはアイドルグループ「NEWS」の一員として活動をしている。芸能活動を行うかたわらで、小説を執筆し、第一作『ピンクとグレー』を書き上げ注目を集めた。また一作で終わるのではなく、その後も執筆活動を続けている。

文芸評論家の矢野利裕は「ワイルドサイドを歩け　加藤シゲアキ論」(3)で彼の執筆活動を小説家としての側面だけで見るのではなく、芸能活動と地続きで見ていくべきだと主張し、彼の作品に描かれる特徴と芸能という職業の特性の合致を見る。この立場は重要なものだ。矢野も述べるように、文芸評論はそれこそ作者と書かれたものを切り離し評価していくことが「誠実な態度」とされ、その態度を取らないことはテクストに向き合えていないということになる。有名な人が書いた小説だから評価するということと、優れた作品だから評価するということの違いだといえばいいだろうか。ただそれでも「加藤シゲアキ」作品を論じる際に、書き手とテクストを切り離してはいけない理由の一つとして、彼の著作は芸能界をモチーフにしたものが散見され、その職業と切っても切れないものであることが挙げられている。加藤シゲアキ作品は彼自身の経験やそこで感じたものが多分に反映されているのは明らかだ。書評家の杉江松恋も指摘するように、小説に書かれていることは加藤シゲアキの感じたことや体験が下敷きになっていると読み取れる(4)。

しかし、そのような「作品と作家の合致」だけではなく、現在の状況も踏まえていくと、なお「加藤シゲアキ」という芸能人＝作家をテクストと切り離してはいけないことが見えてくる。

まずは彼の第一作である『ピンクとグレー』を見ていこう。この作品は『閃光スクランブル』『Burn.―バーン―』二作とともに〝渋谷サーガ三部作〟と呼ばれ、いずれも芸能界が舞台となる物語である。

『ピンクとグレー』の視点人物である河田大貴《だいき》(＝りばちゃん)は何回も引っ越しを繰り返し

九歳の時に東京へやってくる。そこで同じマンションに住む鈴木真吾《しんご》（＝ごっち）と出会い、彼らはやがて親友になり、同じ高校に進学する。二人は高校二年生の時に、駅でたむろしているると編集者にスカウトされ雑誌の読者モデルをすることになる。その後、芸能事務所を紹介してもらい、二人は同じ事務所に所属し、大貴は河鳥大《かわとりだい》、真吾は白木蓮吾《しらきれんご》という芸名で芸能活動を行うようになる。しかしやがて真吾＝白木蓮吾はどんどん売れていくようになり、大貴との関係も上手くいかなくなっていく。二人はルームシェアをしていたが、ある時を境に決別し、それから数年会わなくなる。その間にも白木蓮吾の名前はどんどん有名になっていく。このあらすじを見てもわかるように、本作は又吉作品と同様に、作者本人が身を置いている芸能界という場所を投影している。もちろん、全てが実体験というわけではないが、自身の体験が色濃く反映されているのは間違いない。

本作はタイトルにもあるように色が重要な要素になっている。鮮やかな色に分類されるピンクと無味乾燥な色であるグレーの対比は、芸能界で活躍する白木蓮吾とそうなれなかった大貴を象徴している。

二人の幼馴染である石川紗理《さり》（＝サリー）が三人で会話している時に、かつて学校で飼っていたアルビノのメダカの話をし始める場面がある。

「吸収されなかった色を私たちは見ているの。つまるところ、その物質が嫌って弾《はじ》かれた色が私たちの目に映っているのよ。この石の灰色も葉の緑も、私たちの肌の色も。ごっちの赤いほっぺたもね。自分自身が嫌った色にしか他人の目に映らないの」

「クラスにいたあのアルビノのメダカはね、嫌いな色が映る自分の姿を見られたくなかったのよ。だから色素を捨てたの。でもね、私たちにメダカは見えていたでしょ。色素を捨てても透明にはならない。だから、メダカは全ての色を吸収することにしたの」
（中略）
（『ピンクとグレー』）

この石川紗理の理論で言うならば、艶やかなピンクは白木蓮吾が無理矢理に出していたものである。華やかで煌《きら》びやかに見える芸能界はあくまで表面的に作られたものだ。成功した後、大貴と久々に再会した白木蓮吾。大貴はその変化してしまった様子を見て、「いっそさ、やめちゃえば、芸能界」と言う。その言葉に対して「無理だよ。どこに行っても皆が僕を知っている。白木蓮吾はここではなく、鑑賞者の中にある。やめても僕は芸能人なんだよ」と蓮吾は大貴に吐露する。

この色を作り出しているのは、もちろん真吾＝白木蓮吾自身でもあるが、鑑賞者の視点によるものでもある。彼は鑑賞者が観たいと考える「白木蓮吾」という色＝像を意識して自分を作り上げていく。さらに白木蓮吾は大貴にオニアンコウという深海魚の意味深な話もしていく。オニアンコウはメスの方が大きいが、小さいオスはメスを見つけるとメスの体に食いついて寄生し、完全にくっついて生殖器以外の全ての機能を退化させメスの体の一部になる。そして白木蓮吾はそれを「愛」と形容し、「僕はそうなりたいんだ」と述べる。様々な解釈が可能だが、彼は鑑賞者が思い描き、そう望む像に同化して自分自身を作り上げたいのだ、と読み解くこともできるだろう。

芸能人とは自分自身のイメージを商品として売る存在だ。知名度ゆえに様々なバッシングを受けることを「有名税」と言ったり、人気の持続できる期間を「賞味期限」と揶揄《やゆ》されたりするように、彼ら／彼女らはその商品価値を考えて売り出される。『ピンクとグレー』の白木蓮吾はまさにその象徴のような人間である。彼はブランドもののライターであるデュポンを持つようになるが、「俺はデュポンを持たなければいけない人間になってしまった」と述べるように、白木蓮吾を演じなくてはいけない。

しかし本作で重要なのは白木自身がそれを「愚か」と感じている点だ。それが外部から作られた像であるがゆえに、その差に対して思い悩む。そして最終的に白木は自殺する。白木は大貴を第一発見者になるように呼び出しをして、大貴宛の遺書を残すが、そこには石川紗理のメダカの話を出し、「僕は僕が嫌った色を映し続けていたのかもしれない」と書き、そんな自分の色を受け入れることは無理だったと伝えるのだった。

これは換言するとアイデンティティに対する苦悩である。しかし、平成初頭に流行った「自分探し」という言葉に象徴されるようなアイデンティティの悩みとは違ったものがここにはある。そもそも「白木蓮吾」という「像」はすでに確立されてしまっている。その「像」が確固たるものであるがゆえに起きている苦悩なのだ。

『閃光スクランブル』にもそれは共通して描かれる。本作はゴシップカメラマンの男性、高橋巧《たくみ》とアイドルの伊藤亜希子《あきこ》（＝アッキー）の二人の視点で描かれる物語になっている。巧はもともとごくふつうのカメラマンだったが、身重の妻の死を境に色覚異常になり外界のものが全て灰色に見えてしまう。そんな中で、自分の撮りたい写真を撮ることをしなくなり、芸能人のゴシップ写真を撮りながら生計を立てるようになる。ある時、ネタとして入ってきたのが、人気アイドルグループMORSEのメンバーである亜希子が既婚者の俳優と不倫をしているという情報だった。

もう一方の視点人物である亜希子はその噂通り俳優と関係を持っている。ただそこで明らかになるのは彼女のトラウマだ。物語の終盤で、アイドルとしての人気が上がってきている中で「伊藤亜希子アンチスレ」と題された掲示板を見るようになったエピソードが描かれる。そこに書かれていた誹謗中傷に対して、亜希子は衝撃を受け、誰かに嫌われていることを意識するようになる。そのサイトに書かれている髪型や衣装、しゃべり方の不評に目を通し、自分を変えようとしていく。そしてそのことによってファンは増えていくが、次のような事態になっていく。

ただファンが増えていくことによって、意見の賛否が平均的になっていきました。何かをすれば、いいねと褒める人と同じくらいダメだっていう人がいて、今まで分かりやすかった答えが徐々に曖昧《あいまい》になっていったんです。そんなあるとき、一つの話題でスレッドが盛り上がりました。

「アッキーの二の腕、なんか気持ち悪いのない?」「わかる　三つくらい並んでるホクロっていうかシミっていうかな」「虫みたい　うわ」

(『閃光スクランブル』)

それは亜希子が生まれながらに持っていたシミのようなアザであって、それまでは特に気にしたことがなかったが、その書き込みを見て意識するようになってしまう。そしてそのアザを隠すようになり、また強く引っ掻《か》くようになるが、スレッドでは隠すようになったことでさらに盛り上がりを見せ、「隠すくらいなら死ね」という書き込みを見て包丁で左腕を切り刻んでしまう。そのようなトラウマもあり、精神的な拠り所として俳優と不倫するようになるのだ。『ピンクとグレー』も『閃光スクランブル』もともに、悩むのは自分ではない別のものに規定される「自己像」に対してだ。そもそもそれは自己像といっていいのかも怪しい。現在はメディアが乱立している状況であり、また自分からの発信がたやすく行えるようになった。しかし単純に自分の自由な表現ができるのかというと、そうではなく、鑑賞者側のニーズに合わせた自分を演出しなくてはいけなくなっている側面もある。かつての芸能界でもそのようなことはもちろんあったが、現在は見ている者の声がより届きやすくなっており、監視的な側面がより強くなっている。

■イメージの固定化──加藤シゲアキ論②

しかしこれらは先に述べたように、芸能人に限った話ではなくなっている。そして加藤シゲアキ自身ももしかしたらそのことを感じているのかもしれない。二〇二〇年に直木賞候補となった『オルタネート』にはいわゆる芸能人と呼ばれる人間は出てこない。だが登場人物たちはいわば芸能人と近い状況に置かれているとも言える。

舞台は高校生限定のSNSアプリ「オルタネート」が必須になった現代で、円明《えんめい》学園高校の生徒を中心とした高校生たちの群像劇になっている。オルタネートとは「お互いがフロウ（「友達申請」：引用者注）を送り合うことでコネクト（「友達」：引用者注）となり、メッセージなど直接のやりとりが可能になる」もので、いわばX（旧・Twitter）やInstagram、LINE、Facebookなどと似たような機能がある。ただオルタネートは高校生限定であり、加えてユーザーが指定した条件に合わせて相性のいい人間をレコメンドしてくれるという機能を持っている。ただ安全面の考慮から登録には個人認証が必要であり匿名性がないというところは、現在主流のSNSとは違うものとも言える。

視点人物である新見蓉《にいみいるる》は調理部の部長を務めている女子高生だ。物語は最初、その調理部の新入生への説明から始まっていく。円明学園の調理部はネット番組の高校生料理コンテスト『ワンポーション』に出場しているため、部長の蓉は周囲からも広く存在を認知されている。本作はこのように、誰しもが有名人的な立場として存在している人間を描くのだ。

そんな蓉の友人である水島ダイキも同様に、動画を投稿している「有名人」だ。彼は高校一年生の夏休みに同性愛者であることをオルタネート内でカミングアウトする。そしてランディという一つ下の学年の生徒と付き合うようになる。二人がカップル動画を上げるようになると、それが話題になり他のメディアにも取り上げられて人気者になっていく。

しかしやがてダイキはランディと別れる。「好きだから付き合ってるっていうより、動画あげるために付き合ってるみたいな感じでさ。デートだっていきたいところじゃなくて、撮影しやすいところとか、カメラ通してきれいなところとか、そういう基準になってたんだ」とこぼし、レンズを通してでしか見られない状態ではなく、ちゃんと付き合い直したいとランディに述べるが、ランディはダイキを「ビジネスパートナー」や「人気取りのための道具」だと考えるようになる。


「本当はこわいんだ」

ダイキは蓉の肩にもたれかかった。

「別れたら、なんて言われるかわからない。俺たちのことを応援してくれていた人、いっぱいいるし。この先予定してた仕事もあるのに」

（中略）

「でもおかしいよね。恋人と別れて悲しいって思うより、周りの反応を気にしてる。その時点でさ、ずっと前から俺たちは終わってたんだなって思う」


（『オルタネート』）


『ピンクとグレー』や『閃光スクランブル』で見ていった芸能人と同様の苦悩がここには描かれている。つまり、ダイキやランディが気にしているのは周囲からの反応なのだ。誰かからどう見られているかを気にして、自分の振る舞いに対して逡巡《しゅんじゅん》しているのである。

本作は芸能人を扱っていない。中心となるのは高校生だ。しかしこの高校生たちも、自分たちがどのようなイメージとしてあるのかを考えて行動している。それはひとえにオルタネートというSNSがあるためだ。

ここまで、ポストモダン化とテクノロジーの発展によって、現代の人間はより流動的な個人を獲得するようになるという説明は繰り返し行ってきた。そしてそのことによって起きるのが、その時々で自分自身を変えていく行為だ。流動的なアイデンティティを固定するための戦略が〈キャラ化〉である。テクノロジーで拡散されてしまった自己を、現代人はテクノロジーを使って留めようとする。SNSが一般化した今は、相手に合わせた自分自身をどう作るかということが常態化している世界だ。見られることを意識して、自分を作っていく。「私」を周囲の基準に沿って作りあげることの苦悩がここにはある。

さらにオルタネートは作中でアップデートされていく。「ジーンマッチ」という遺伝子解析サービスと連携したサービスが導入されるというものだった。遺伝子によるマッチングを行うことによって、より「出会い」が確率論的に「必然性」を帯びたものになるのだ。視点人物の一人である伴凪津《ばんなづ》はオルタネート信者であり、自分自身と相性の良い相手を決定論的に見定めてくれるこのサービスを信奉している。それには彼女の母親と父親が離婚し、自分は失敗した出会いをしたくないという個人的な背景がある。だがアイデンティティが流動的で先が不透明な状況において、彼女の思考は現代の象徴として読み取ることもできる。彼らは外部から決定された自己を受け入れようとしてもがき苦しむのだ。

そもそもこの外部からコントロールされるという発想は、『チュベローズで待ってる』でも描かれていた。主人公の光太は就活に失敗しホストになるが、ホストクラブではオーナーである水谷に仕組まれたように仕事をさせられ、またその後就職するゲーム会社「ＡＩＤＡ」で様々な成功を収める。だが、それは全て光太のホストクラブへ客として来店し、互いに魅かれ合っていた「ＡＩＤＡ」の社員である美津子のアイディアによるものだということが明らかになっていく。そもそもゲームをモチーフとして出しているのも、操るものと操られるものを意識してのことだろう。

加藤シゲアキ作品にはこのような、自己の拡散を収斂《しゅうれん》させるための見えない他者による「自己の像」の固定化、そしてその苦悩が描かれているのだ。

■死と再生――加藤シゲアキ論③

このようなイメージが固定されて動けなくなっていく状態を、加藤シゲアキは作品内でどのように扱っているのか。単純な問題提起で終わっていない。

加藤作品のほとんどが「死」を描く。もちろんそれぞれ直接的なものもあれば、象徴的なものもある。『ピンクとグレー』では白木蓮吾、『閃光スクランブル』では巧の妻であるユウア、『Burn.―バーン―』の主人公レイジが出会った徳さん、『チュベローズで待ってる』の美津子など、各作品の主人公の周りには「死」が付きまとっており、それが物語を進めていく中心点になっている。もちろん、主人公にとっての障害とその乗り越えという意味で、「死」は物語を動かしやすい事象としてあるという側面もないわけではないだろう。しかし、加藤作品では物語を動かす装置としてだけ「死」があるのではない。

『ピンクとグレー』では白木蓮吾が死んだ後、大貴は彼の生涯を綴《つづ》った小説を書くことになる。

その後、その小説は話題になり映画化のオファーがあり、主演＝白木蓮吾役を大貴が演じることになるが、彼を演じることで大貴は白木蓮吾と徐々に同化していき、大貴自身が白木蓮吾として存在するようになっていく（最終章タイトルの「ピンクグレープフルーツ」というのもピンクとグレーが混じり合わさったものだろう）。そこで大貴は白木蓮吾の痛みを初めて知っていくのだ。この同化の構造は『閃光スクランブル』にも『Burn.―バーン―』にも同様に存在する。『閃光スクランブル』では巧はユウアが死んでしまった渋谷のスクランブル交差点で、もう一度同じ構図で亜希子の写真を撮る。『Burn.―バーン―』では、作中に出てくる宮下公園の浄化作戦に反対していたホームレスである徳さんが警察への抵抗のために自らガソリンを体にかけ、火だるまの状態で警官へと立ち向かう。主人公のレイジはその後、自身の体験をもとに『Burn.―バーン―』という戯曲を書き上げ、様々な紆余曲折があり、レイジ自身が主人公として出演することになる。

どれも共通しているのが、「自分の作品を作り上げること」が「死」と向き合う契機となっていることだ。そして加藤シゲアキ作品には「死」の描写とともに、このような「再生」が描かれる。

また直接的な「死」がない作品でもこの「再生」が存在しているものもある。例えば『オルタネート』の登場人物である女子高生・伴凪津はオルタネートのジーンマッチによって桂田武《かつらだむ》生《う》という内向的な男子高校生とマッチングする。彼との相性は九二・三％と測定される。彼女自身、そのマッチングに対して内心不満を覚えているが、オルタネートを信奉しているため、安易にそれを否定するわけにいかなかった。だがその後、それがオルタネート側の不具合ということが判明する。修正されたオルタネートでマッチングした相手とは相性も良く不愉快さを感じることはなかった。だが、凪津は文化祭で偶然、桂田を見かけ、彼の鬱屈した内面を綴った日記を読んでしまう。彼女自身、両親のいざこざがあるため桂田と似たような内面を持っていたこともあった。そして彼に次のように言葉をかける。

　桂田の背中に声をかける。振り向いた桂田の顔はまだ頼りない。
「私はやり直さないよ！　今までの自分を否定したりしない！」
銀杏の葉がひらりと落ち、桂田の頭を掠《かす》め、滑って落ちる。
「もっともっと自分を信用することにする！　もっと自分を好きになる！　そのために、私は私を育てる‼」

（『オルタネート』）

　その後、凪津と高水準でマッチングした相手は別の恋人を見つけ、凪津自身もオルタネートをやめてしまう。

　さて、これらは一見すると、よくある成長物語として読み取れてしまうかもしれない。しかし環境分析的な手法を取って考えてみるとまた違った側面が出てくる。

　現在はＳＮＳをはじめとした環境によって「見られる主体」＝「演じる主体」が内面化していくと述べてきた。しかし見知らぬ他者による自己像の固定化には、苦悩が付きまとう。凪津がオルタネート（＝ＳＮＳ）をやめて、「私は、私を育てる」と言ったのも「主体性の回復」

を示唆しているわけだ。

そもそも芸能人（＝演じる主体）である加藤シゲアキ自身、そのことに自覚的なはずだ。では彼が小説を書く意味とは一体何か。それは自分自身のイメージ＝像を書き換えることである。だからこそ彼の小説の内容と彼が小説を書くことは連環している。『ピンクとグレー』、『閃光スクランブル』、『Burn.―バーン―』がどれも芸能界をモチーフにしており、登場人物たちが「自分たちの作品を作りあげ」、自分たちの経験を乗り越えようとしているのは偶然ではない。

これはテクストを読み取るだけでは見えてこない。外部の「作者」という存在と、それを構成している現在の多様なメディアが遍在している状況を組み合わせて見えてくるものだ。テクストの外部を考えること。

そもそも、最初に述べた通り言葉の危機の一因は言葉と主体＝「私」が切り離されてしまったことにある。その意味では文学の言葉にはまだ可能性がある。なぜなら、それは主体と切り離し可能な言語であると同時に、切り離し不可能な言語でもあるからだ。「私」と言葉が切り離されてしまう今だからこそ、テクスト論＝主体と切り離して読解するだけではなく、もう一度そこにある「私」や環境を見つめ直してみることが重要になってくる。

文学の虚構性と現実性を今一度繋げて考えてみる。芸能人＝見られる主体の小説にはそんな可能性があるのではないだろうか。

（１）もちろん、『推し、燃ゆ』が文学的な評価を得たのはただ現代の「推し」に関して社会学的視点から描いたということだけではない理由がある。例えば本作は明文化されていないものの、主人公が発達障害であることを示唆している箇所がある。そのような人間の内面性と「推し」を追う人間の相似を描き出したことは本書が秀作だと言える一つの事由である。

（2）仲俣暁生『失われた「文学」を求めて　文芸時評編』（二〇二〇年）

（3）矢野利裕「ワイルドサイドを歩け　加藤シゲアキ論」（「ユリイカ　総特集・日本の男性アイドル」二〇一九年一一月臨時増刊号）

（4）加藤シゲアキ×杉江松恋「『Burn.—バーン—』刊行記念トークイベント」（加藤シゲアキ『Burn.—バーン—』二〇一七年刊文庫版所収）

第九章　もう一度、「私」を作るために——米津玄師論

■同時代の想像力としての「米津玄師」

現代作家が行っていたのは、現実と虚構が複雑に絡み合う中で、もう一度主体を構築する試みだった。例えば前章で取り上げた又吉直樹、加藤シゲアキといった、現在のメディア状況の「虚構的存在」として在りながら作家活動をしている芸能人たちは、小説の執筆を通して作られた「芸能人」＝「作家」像の更新を図っていた。「演じる身体」を持つ芸能人は多層的なメディアを通して立ち上がる現代の主体を象徴する存在だ。

現代のディストピア的状況においては、思想的にも技術的にも、個を分割するようになってきている。その中で主体の構築をしなければならない。そうした条件のもとで言語を基軸としながらも身体性を取り戻し、新しい「主体」を作る営みが現代文学でなされているのではないかと論じてきた。

さて、ここまでは現代作家を主に見てきたが、もう一人、別の側面から主体について考えていきたい人物がいる。それが「はじめに」でも少しだけ言及した米津玄師である。

二〇二〇年代の日本で、名前や曲を一度は耳にしたことがあるはずの人物だ。しかし、そんな彼がなぜこのような現代文学の評論で取り上げられるのか。

そもそも彼はどのような人物なのか、今一度確認しておく。

もともと米津は二〇〇〇年代、「ハチ」という名義で動画投稿サイトのニコニコ動画にボーカロイド(=ボカロ)楽曲を投稿していた。当時のニコニコ動画はユースカルチャーを担っており、様々な人間たちがコミュニケーションや創作活動の発表の場としていた。そんな中で米津玄師=ハチが投稿した「マトリョシカ」や「パンダヒーロー」、「結ンデ開イテ羅刹ト骸」などといった楽曲が人気を博した。またそれらのボカロ曲を収録した『花束と水葬』『OFFICIAL ORANGE』といったアルバムを作成するなど、自分でボーカルを務めることはほとんどせずに音楽制作をしていた。

しかしその後、二〇一二年には「ゴーゴー幽霊船」や「vivi」といった自分で歌唱した楽曲を動画投稿サイトに投稿していく。インディーズレーベルでそれらの楽曲を含むアルバム『diorama』を制作、そしてメジャーレーベルへ移り、シングル「サンタマリア」を発表、その後は複数のアルバムを制作し、二〇一八年に発表した「Lemon」はBillboard JAPAN Hot 100の年間チャート一位を獲得、また他にも「パプリカ」や「馬と鹿」、「感電」などスマッシュヒットソングを多く発表していることは知られているところだろう。

やや大雑把に米津玄師のプロフィールを見てきたが、これだけを見てもおそらくは本書の俎上《そじょう》に米津というアーティストを載せる理由がよくわからないかもしれない。もう少し彼をよく知る人間であるならば、彼が宮沢賢治や三島由紀夫の文学を好んで読んだり、また文学の批評理論が詳しく書かれた筒井康隆『文学部唯野教授』や批評家である東浩紀の『ゲンロン戦記「知の観客」をつくる』を読んでいたりと読書家であることを連想するかもしれない。確かにそれは一要因としてあるのだが、本質ではない。彼の作品や言葉をさらに掘り下げていきたい。

■人間ではない感覚

米津玄師はハチという名前でボカロを使用した曲を多く生み出していた。その名義で二〇曲ほど制作している。先述したように、彼はそもそも「ネット発」のアーティストだ。二〇二〇年代でこそ全く珍しくないが、彼が楽曲を発表し始めた二〇〇〇年代はネットが徐々に一般化されていく時期で、ネットで創作活動をするのは主にアマチュアの人たちという認識が強かった。また米津玄師＝ハチ自身、「ニコニコ動画」というネット空間を「故郷」と述べており、その空間から出てきたという特殊性を意識している。(1)

そんなハチの楽曲は特徴的なものが多い。彼の楽曲の中には様々な動物が現れ、「アリス」や「ミセスパンプキン」などの一風変わった登場人物が出てくる。また「WORLD'S END UMBRELLA」はタイトル通り世界の最後に傘をさす二人の少年少女の物語であったり、「Ghost Mansion」ではつぎはぎのドールが案内人であったりと、不可思議な童話のような世界観が広がっている。そしてそれらを歌うのは米津＝ハチ自身ではなく、初音ミクやGUMIといった音楽合成ソフトのボーカロイドである。

音楽ジャーナリストの柴那典は『初音ミクはなぜ世界を変えたのか？』の中で、二〇〇〇年代にネットの出現によって音楽業界は「音楽が売れない」という悲観論が言われるようになったと同時に、ボーカロイドである初音ミクが現れたことで新たなムーブメントが生まれたと述べている。その潮流の中で初音ミクのキャラクター性をもとにして、様々なクリエイターたちが連鎖的な創作活動（＝N次創作）を展開し、存在感を大きくしていったという[2]。当時作られた楽曲は、もちろん裏に存在するクリエイターの意思はあるだろうが、あくまで初音ミクというキャラクターをモチーフに作られているものが多い。

米津がハチとして活動していた頃のインタビューでも音楽制作では「ジオラマが作りたい」と述べている[3]。だからハチの楽曲で描かれるのは、多くが現実とは別の架空の世界とそこに存在する虚構の中のキャラクターだ。「Ghost Mansion」や「マトリョシカ」など、歌詞を見ていっても現実世界とはかけ離れたおとぎ話のような世界観が繰り広げられる。

現実とは少し離れた虚構的世界をボーカロイドという「機械」に歌わせる。これは内容（＝楽曲）と形式（＝歌唱）が合致していると言える。だがこの表現手法を突き詰めると「私」は存在しなくてもよくなる。匿名性という観点からも、自分自身の今までの生い立ちなど、自分史を無化して発言や発信をすることが可能だからだ。米津が「ハチ」という名前で自分の名前を隠して作品を発表していたのは、ある意味では自分という存在をなくすための行為でもあった。もちろん、厳密には自分の経験が反映されているのかもしれない。だがここに挙げたように楽曲で描かれるのはジオラマの中のキャラクターたちだ。その意味でハチの曲は「メッセージ」よりも「物語」に近いのである。

この傾向は彼が「ハチ」という名義を離れ米津玄師という実名で曲を作りアルバムを制作し

ても引き継がれる。米津玄師名義での最初のアルバムは『diorama』であり、ある「街」をイメージして、そこで起きた出来事を描いた楽曲で構成されている。そのため、このアルバムも現実に対してのメッセージではなく、やはりどこか違う世界の物語を描く。そこで出てくるのは少し不思議な存在だ。例えば「ゴーゴー幽霊船」では「アンドロイド」が登場し、他の楽曲にも「caribou」＝カリブー、「black sheep」＝黒い羊などが出てきて、これらに共通しているのは異端な存在だということだろう。それぞれ人間、トナカイ、白い羊の亜種だと言える。

そもそも「ハチ」という匿名はネットの「アイデンティティからの逃走」という特性を体現している。それは実存性の必要のない場所から出現しているからだ。つまり象徴的に「非実在」なのだ。そしてそこに、彼の自己を投影しない虚構の「物語」をボカロというキャラクターという「非実在」の存在が歌うということの合致性があった。これを踏まえると、米津玄師という実名の存在は、ハチからの非実在性を引き受けているという歪《いびつ》なものになる。実在していないが実在していること。それはまるで「幽霊」に近い。彼の作成する楽曲に明確な「自己」を読み取りにくいのはこのことで説明ができる。

そしてこの実存は本書で指摘してきた現代における自己像に近い。虚《うつ》ろではっきりとしないイメージ。それを創作者自身が負っているという構図になる。

加えて米津自身のパーソナルな面に焦点をあててみても、自分自身を一般的な人間として見ていない節がある。米津自身は自身のミュージックビデオやCDジャケットをはじめ、多くの絵を描くが、その際に次のように述べている。

米津玄師（以下、米津）　うーん……。絵を描くとき、男を描くのは本当に嫌だったんですよね。それは男を描いてしまうと、嫌《ママ》が応にも自分を投影してしまうからで……。傍《はた》から見ても、そこに自分が投影されているように見られてしまう。それが本当に嫌だった。

――　なぜ嫌だったんでしょうか。

米津　自分は昔から、自分のことを怪獣だと思っていた節があって。普通じゃないというか。

（中略）

米津　そうですね。女の子を描くのはすごく好きなんですけど、男を描く時には冷静ではいられなくなる。だからあえて頭に紙袋をかぶせたり、頭がテレビになってたり、そういうキャラクターを描いていた。

　そういうものに自己投影して「自分はこういう存在なんだ」と思いながら描いていたんです。

――　米津さんのイラストにはたくさんの怪獣が登場しますよね。それも自分自身を投影したものなんでしょうか。

米津　そうですね。そういうものに対して共感するし、自分自身を表現するときには、どうしてもそうなってしまう感覚はあります。

（柴那典「米津玄師、心論。　怪獣として育った少年が、神様に選ばれるまで。」cakes　二〇一五年一二月三〇日[4]）

自分のことを「怪獣」と形容しているように、ただの人間だとは思っていない。米津は怪獣や、紙袋をかぶった人間やテレビの頭をした人間であったりと、歪なキャラクターとして自己認識をしている。

また音楽作りも、過去の自分と向き合い「自分って一体なんだろう？」というところから始まっているとも述べている。(5) だからこそ、楽曲に出てくる歪な存在はその世界のキャラクターでもあると同時に自己投影でもあると言えるだろう。

■不在の実在

米津は人間としてではなく、「怪獣」などの異質なキャラクターとして自分を捉えている。だからこそ、ハチの時代を経て「米津玄師」としてでも、異質な世界である「ここではないどこか」にいる虚構の存在を描く。しかしこのことが、逆説的にリアリティを帯びることになっている。これは『diorama』以降出したアルバムである『YANKEE』、『Bremen』にも見られる。

しかし、彼は言葉を発し、紛《まぎ》れもなく人間の身体を持っている。作曲をするたびに突きつけられるのは自己矛盾である。自分は「怪獣」でいい。自分は「妖怪」「幽霊」である。自分は「異物」である。しかし、もしそのような自己肯定をしてしまうと、さらに苦しみが生じる。自分はやはり周りとは違うのだ、と。自分の存在を証明しようとするたびに自分は一体何者なのかということをさらに突きつけられる。まるで死にながら生きているゾンビのように。

痛みで眠れないまま　彷徨《さまよ》い歩く僕らは

死にながら生きるような姿をしていた
思うように愛せない　この世界で生きる為
血まみれのまま　泥沼の中
僕らは願い　また歩いて行こうとする

シクシク存在証明　感動や絶望に泣いて歌う
迷走エスオーエスの向こうに　救命はないのを知っていたって
精々生きていこうとしたいんだ　運命も偶然も必要ない
遊ぼうぜ　明けぬ夜でも火を焚いて今
そんなそんな歌を歌う

（「リビングデッド・ユース」）

だからこそ、彼はそんな自己を全面的には肯定できない。そして、一体自分は何者なのかを問い続けなければならない。彼の歌詞には「どこにも行けない」というフレーズが多く出てくる[6]。まさにこの感覚から来るものだと考えられる。

そしてここから次に重要になってくるものの一つが「他者」なのである。
米津は自分自身ではないキャラクターを伴った童話的な世界を描くことが多いが、それ以外では二者間の恋愛をよく描く。特に『YANKEE』以降はそれが顕著に出てくるのだ。だが、今までの議論を踏まえるとニュアンスが変わってくる。かつての米津の曲のような幽霊もアンドロイドも怪獣もここには出てこない。もちろん、それは描かれていないだけで、作られたイメージは異質な自己と他者なのかもしれない。だが、やはり明示していないあたり、それを意図的に避けているのだろう。自分とは異なる他者を置き、純粋な恋愛の関係性を描く。

ただこの時期からこのような楽曲が増えたと言っても、全てがそのようになったわけではなく、やはり異世界や童話的モチーフは消えていない。三枚目のアルバムの『Bremen』のタイトルがブレーメンの音楽隊から取られていることもそれを示唆している。そしてこの恋愛のイメージと「ここではないどこか」の童話的イメージが合わさって独特な世界観が構築されているのである。『Bremen』ではそのイメージが色濃く出ている。例えば「フローライト」、「Flowerwall」、「ミラージュソング」などはその二つが上手く織り交ぜられた曲になっている。また自然現象や植物や鉱石などを歌詞の中に取り込んでいることも、その雰囲気をより増幅させている。

そしてその理由として考えられるのは、自身の出自となるネット空間における問題とパラレルなものだ。

米津がハチとして過ごしていた時期から『diorama』をリリースした時期に述べていたのはディスコミュニケーション、つまり「人とのわかり合えなさ」である。当時のインタビューを見てみると彼は「周りにいる人間を常日頃バカにしてる」と述べる。そしてそのような周囲に対して音楽でメッセージを届けたり啓蒙したりするわけではなく、次のように考えているという。

「でも僕は基本的に本当、もう根っから諦めてるみたいな部分はあって。結局その〝街〟とか最後のほうのポジティヴな曲っていうのも、結局ごまかしでしかないと僕は思ってるんですよ、突き詰めて言うと。ごまかしながらでも、楽しんで生きていきたいっていうか。楽しいって言うと違うかもしんないですけど…………わかり合えないっていう部分に、閉じこもってちゃいけないっていうか。絶対にわかり合えないっていうのが、家みたいなもんで、絶対に帰って行くべき場所だと思うんですよ。だからそう考えると、〝街〟とか〝首なし閑古鳥〟とかっていうのは、遊びに行ってるというか。家ばかりにいても、まあやることねえな。だったら外国にでも遊びに行こうかなっていう。で、外国に遊びに行くと今まで見たことなかったような、感じたこともなかったようなことっていうのはいっぱいあるけど、でも結局帰るのって自分の家なんですよね。だからそうですね、遊びたいんですね（笑）。遊びに行ってるんですよね」

（インタビュアー：引用者注）「何とかしよう」じゃないんだ。もうただ遊びに行ければいいんだ？

「どうにかすればわかり合えるんじゃねえかっていうのってあんまりないかもしんないですね、自分の中に。結局やっぱりわかり合えないし。それならそのわかり合えないっていう部分をもっともっと突き詰めていったほうがおもしろいかなっていうのは思ってて。その希望みたいなものにフォーカスを当てても、何も生まれないんじゃないかなって思うんですよね」

（山崎洋一郎「米津玄師　人と人とは絶対にわかり合えないものだっていうのが僕の中の根

幹にある」「ROCKIN'ON JAPAN」二〇一二年七月号）

ここでの「家」は米津玄師の根本にある「人と人とのわかり合えなさ」のメタファーだろう。コミュニケーションを取るのではなく、諦めること。その先に見出したのが、異質な世界とキャラクターであるのだ。ここにはある種の「引きこもり」的な感性がある。

しかし『diorama』後はもう少し考え方が変化していく。『diorama』はインディーズレーベルでの発売だったが、その後、「サンタマリア」でメジャーデビューを果たす。パソコン上で制作を一人で全て行える「打ち込み」ではなく、バンドの生演奏で初めて収録を行った。つまり他者との交流＝コミットメントによるものだった。

（インタビュアー：引用者注）要するに、米津くんにとっては人とコミュニケーションを取りながら音楽を作るよりも、ひとりで作るほうがラクだし自分の頭の中を具現化しやすいってことですよね。

「そう。でも、そのラクなところに止まっていると、ずっとそのままだなと思ったんです。そういう閉鎖的な考え方って凄い下品だし、健康的ではないなと思って……だから開いていかなければいけない、もっと自分がやれることを見つめ直さなければならないっていうことを、凄く考えてましたね。それで作ったのが〝サンタマリア〟で」

（インタビュアー：引用者注）「ずっとこのままではよくない」と思ったのは、そうしないとミュージシャンとしてこれ以上成長できないと思ったからなのか、それとももっと人間的な部分というか、生き方の部分でそう感じたのか、その辺はどうなんですか？
「人間的な部分ですね。『diorama』出した後、どんどん自分に厳しくなっていったんですよ。とにかく『このままじゃいけない』っていう焦燥感がもの凄くあって……前に進まなければならない、変わらなければならないっていうのが強くて」
（有泉智子「米津玄師、強く美しい名曲〝サンタマリア〟に込めた覚悟とは」「MUSICA」二〇一三年六月号）

「開いていかなければいけない」、「このままじゃいけない」というのは、先の『diorama』のような箱庭的世界に閉じこもっていてはいけないということだ。ここから米津の楽曲は徐々に異質な世界だけではないものになってくる。楽曲の内部や外部に「他者」が入り込み始めていくのだ。

掌をふたつ　重ねたあいだ
一枚の硝子で隔てられていた
ここは面会室　あなたと僕は
決してひとつになりあえないそのままで
話をしている

今呪いにかけられたままふたりで

いくつも嘘をついて歩いていくのだろうか
しとやかに重たい沈黙と優しさが
見開いた目と　その目を繋いでいた
あなたは少し笑った

サンタマリア　何も言わないさ
惑うだけの言葉で満たすくらいならば
様々な幸せを砕いて　祈り疲れ
漸くあなたに　会えたのだから
一緒にいこう　あの光の方へ
手をつなごう　意味なんか無くたって

（「サンタマリア」）

「決してひとつになりあえない」、「いくつも嘘をついて歩いていく」。ここにはやはりディスコミュニケーション、人とはわかり合えないという思想が隠れている。しかしそれでも「あの光の方へ」、「一緒にいこう」、「意味なんか無くたって」、「手をつなごう」と締めくくる。そんな閉塞性を持ちつつも、それでも他者と触れ合う。ここには一つの逆説が存在している。また歌詞に「呪い」という言葉があるが、これも「人とのわかり合えなさ」だろう。

「あなた」っていう言葉があるのは、ちゃんと投げかける相手を思いながら作ったということなんですよね。自分の音楽を聴いてくれる人だったり、自分の身近にいる人だったり。自分は少なからずそういう人に救われてきたんだなって思うんです。「花に嵐」にしても、最後に「あなたがくれたのは　花」って歌っている。自分の中でこれはすごく重要な一節だと思っていて。いろんな人に花をもらいながら生きてきたんだなと。いろんな呪いもあったけれど、それでも自分は生きてこられたわけで。ということは、花をもらってるんですね。そういう人たちに向けて、じゃあ何を歌うべきかと考えたんです。するとやっぱり、「あなた」とか「君」とか二人称が多くなっていって。より細かく具体的になっていく。そういう感覚はありました。

（柴那典「米津玄師　〝呪い〟を解く鍵『YANKEE』に込めた思い」音楽ナタリー　二〇一四年四月二三日）(7)

彼はネットの閉塞性を象徴する存在だったが、現実へと出ていく。それは匿名ではなく実名の「米津玄師」として活動することと重なる。キャラクターとして作られた自己が徐々に作り直され、その中で、自己は閉塞されていくのではなく、徐々に開かれていくのだ。

■セカイ化する社会

さて、少し論理の道筋がずれるが、一度文学の話に移る。第一章でも触れたが、二〇〇〇年代は文学やアニメ、マンガなどのサブカルチャーを語る評論の中で「セカイ系」という言葉が議論の俎上に載せられることが多かったが、そもそも米津玄師の想像力はその言葉に関連する部分がある。(8)

セカイ系についてはライターの前島賢《さとし》が著した『セカイ系とは何か』の中で詳しく述べられている。一九九五〜一九九六年のテレビアニメ『新世紀エヴァンゲリオン』以降にネット掲示板で現れた「エヴァっぽい」作品群を指した言葉であった。本書では「ゼロ年代（二〇〇〇年代：引用者注）を通じて、オタク文化とその周辺の言説空間のなかで、セカイ系という言葉はきわめて重要なキータームとして機能してきた」と述べられ、その言葉の意味と意義を論じている。セカイ系はもともとはオタク文化と親和性の高い要素を作品内に導入し、若者（特に男性）の自意識を描写する作品群を指すものとしてあったが、それがネット上で流通しライトノベルをはじめとする文芸（評論）へと流入していった。そしてそこで定義されたのが社会などの具体的な中間項を挟まないで主人公とヒロイン（きみとぼく）の物語が世界（＝セカイ）の中心になる作品というものである。また評論家の宇野常寛は『ゼロ年代の想像力』でセカイ系を引きこもりの想像力としている。

そもそもセカイ系的な想像力は自閉的なものであるため、ネット文化と強く結びつく。九〇年代のパソコンは持ち運びが容易ではなく自宅や会社で扱うものとしてあった。だから自宅というプライベート空間にいながらにして、閉じこもりながらも様々な場所＝世界の人と繋がることができることがネットの特徴であっただろう。

米津玄師はすでに記述したようにネット空間を故郷と述べているアーティストだ。彼の発信の場だったニコニコ動画は社会的な場というよりは、楽しみたい人たちがやってくる「遊び場」のようなものだった。だからこそ米津のいうコミュニケーションを諦めた物語の想像力＝自閉的なものはネットと親和性が高かった。

そして、時代が下ると徐々に、携帯電話が普及し、その後二〇一〇年代にはスマートフォンが行きわたり誰も彼もがパソコンを手元に持っているような状況を作り出した。誰しもがネット的な感性を持ち始めるようになる。しかしそのことによって、意識の拡張が行われるのかというと、そうではなく、極言するならば多くの人たちを自閉的なオタクのような存在にしていった。イーライ・パリサーは『フィルターバブル　インターネットが隠していること』で、現在のネットの特徴としてユーザーの見たいだろうと思われる情報のみをアルゴリズムを用いて表示していくフィルターバブルを挙げている。AmazonのおすすめのYou Tubeで関連した動画が次々に挙げられてくるのがまさにそうだろう。ネットはどんどんパーソナライズされていき、閉じられた空間になっていく。

しかし一方で、もともとのネット空間は様々な社会と繋がり始めていく。局所的だった文化圏がさらに広がりを持つようになったのである。「ネット空間」の「現実」化。「現実空間」の「ネット」化。このような相互性が二〇一〇年代にはあったのだ。

米津の活動はここと繋がっている。『diorama』のジャケットには鯰《なまず》のイラストが描かれている。これは江戸時代の「鯰絵」を元にしているが、このモチーフが採用された理由は二〇一一年三月一一日の東日本大震災にある。『diorama』は二〇一二年に発売されているが、当時もまだ福島第一原発事故による影響が継続して残っていた。また震災当時に注目されたのが

Twitter（現・X）などのSNSだった。電話が繫がらず、メールもサーバーの接続不良が続き安否の確認ができない中で、Twitterはダウンすることなく情報の発信をすることができた。危機的状況を経由して、ネットがより社会的な重要度を増していった。だからこそ二〇一〇年代以降は、否が応でもネット空間と社会を二重映しに想像せざるを得なくなった時代であるとも言える。

　これを一度整理すると、二〇一〇年代以降は「中間項＝社会を挟まない想像力（＝「セカイ系」）が社会化される」という少し奇妙な状況が生み出されたと言える。「セカイ系」の代表的作品として挙げられるのは、新海誠監督の『ほしのこえ』だが、二〇一六年には新海の『君の名は。』が爆発的なヒットを飛ばした。『君の名は。』も確かに「きみとぼく」のセカイ系を踏襲した作品になっている。また東浩紀は二〇〇四年の段階でこのような中間項がない世界＝セカイを生きる感覚を「システムで表現すればループゲームに、物語で表現すればセカイ系になる」[9]と述べているが、『君の名は。』はこの二つを入れた作品になっている。この作品が多くの人の共感を呼ぶ状況や、また『君の名は。』以外にも、例えばアニメなら『魔法少女まどか☆マギカ』、マンガなら『東京卍リベンジャーズ』といったループ設定のフィクションが多くの人たちに受け入れられているのもその証左になるかもしれない。だからこそ、これはある意味では「セカイ系というものが終わった」と捉えることもできるが、「セカイ系的な感性」は一般化し根強く社会に残っているとも言える。

　米津が自閉空間を志向するのではなく、『YANKEE』以降に他者を意識したことはこのような流れに沿うものとなる。『diorama』のような実在とは別の不可思議な世界を描くのではなく、

「アイネクライネ」、「MAD HEAD LOVE」や「メランコリーキッチン」など「あなた」と「僕」や「あたし」などの二者間の恋を描いていく。これらの歌詞には自分の躊躇《ためら》いや単純にはいかない愛が描かれている。自己に対する自信のなさ、上手くいかないものがありながらも、それでも他者（の心）に触れようとする。

虚ろな自己。他者とのコミュニケーション不全がありながらもそれでも繋がろうとすること。もちろん、これら米津の楽曲はもともとあった「セカイ系」の想像力とは言えない。また自閉から他者へ向かうというのは本来的にはセカイ系とは逆方向になる。だが、セカイ系的な感性が一般化した社会が前提としてあるなら、この自己像はリアリティを持ったものになる。誰しもが自閉的空間（＝スマートフォンなど）に閉じこもり、また加えるならば今までの「一般的常識」＝コモンセンスが消えどのように人々と触れ合ってよいかわからなくなっている社会の中で生きていかなくてはいけないという状況で、自己の不能感を覚えながら他者と触れ合う世界を描く米津玄師の楽曲は普遍性を持ったものとなるのだ。

■不在を肯定した上で

米津はネットという場所と現実が交差する状況下のリアリティを摑《つか》み、楽曲を制作していく。彼の「自己の不在」も含めて、ネットというテクノロジーのありようの中で創作活動を行い、その環境と相関性を持ちながら作品を作っていったのだ。『YANKEE』はその転換期であり、その後の『Bremen』ではそのような不能感からのコミュニケーションへの希求と童話的世界を掛け合わせた楽曲を作っている。

そしてその後、志向するのが、「ここではないどこか」という「遠くへ行く」想像力である。「アンビリーバーズ」では「今は信じない　残酷な結末なんて　僕らアンビリーバーズ　何度でも這い上がっていく」というフレーズが書かれている。自己の不能感を持ちながらも前に進もうとする。換言するならば自己否定の肯定だ。ここまでの議論を追ってくればなぜこのような歌詞を彼が書くのかは理解できるだろう。

彼は二〇一六年に「NANIMONO」という曲の歌詞を書いている。そこにも「下手くそでも向かえ　遠く向こうへ」と前へと進む言葉がある。

この曲は朝井リョウ原作の映画『何者』の主題歌として制作されたものだ。作曲はPerfumeやきゃりーぱみゅぱみゅなどの音楽プロデュースをした中田ヤスタカであり、作詞と歌唱を米津玄師が行っている。『何者』は先の章でも触れたが、就活中の大学生とSNSを中心的な題材として描いた作品だ。そんな原作をもとに中田はインタビューで米津に歌詞を任せた理由として「SNSのリアルについてはきっと僕よりも得意」だと思ったと述べていた。そして米津自身は映画版の『何者』について、それを観た時の感想を次のように発言している。

米津：まず最初に観て、すごくリアルだなって思いました。僕が一番共感したのが主人公の拓人《たくと》だったんです。斜に構えてる感じとか、一歩引いていろんなものを観察してる感じとか、そういう部分は自分の中にもすごくある。この人の考えてることならすぐ歌詞にできるなっていうのを最初に思いました。しかも、その感覚がツイッターの世界と上手くリンクしている。僕も10代の頃からずっとツイッターをやってたし、映画を観て『これは自分のことを書いてるな』という感じがしたんです。

（中田ヤスタカ×米津玄師『NANIMONO』対談「今は自分が〝普通〟だと思ってることをやりたい」Real Sound　二〇一六年一〇月一日）(10)

『何者』の主人公である拓人以外の登場人物たちは、様々なことで成功を収めたり（就職活動で上手くいったり）、やりがいを見つけてそれに向かって直進したりと、それぞれの「物語」を持っている。しかし、主人公の拓人はそのようなものが見つからず、また就職活動でも上手くいかない。拓人はそのような自意識の中、周囲の人間を高いところから見下ろすようにして観察しており、その様子を友人たちが知らないＳＮＳに書き込んでいる。まるで他者を側から見下ろし、自分はそのような立ち位置の人間とは違うと誰かに向かってアピールするかのように。そして米津はこの主人公に共感した上で歌詞を書いたという。

歌詞の中で描かれているのは、踊り場という階段の途中、この先が一体どうなっているのかわからない状態だから、心臓が震えている。自分自身が一体どのような存在かわからないからこそ、不安にかられる。だからこそ自分の立ち位置を確かめたくなるというもの。

米津は自分自身を異質なものとして捉えており、その存在の薄弱さを表現していたが、そもそもネットという場はそれを助長するような場所だ。多くの言葉が、多くの情報が行き交うその場所において、自分の言葉や存在の意味を考えざるを得なくなる。

米津玄師は「砂」という言葉をよく使う。曲の歌詞でも「ナンバーナイン」では「歩いていたのは　砂漠の中　遠くに見えた　東京タワー」とあり、また彼はハチ名義で二〇一七年に「砂の惑星」という曲を制作している。アルバム『BOOTLEG』に収録されたものは米津玄師がメインボーカルとして歌っているが、そもそもは初音ミクのライブと企画展が併催されたイベント「マジカルミライ２０１７」のテーマソングとして作られた曲である。

彼は「砂漠」のイメージにも童話的なものとはまた別に特別な心象を抱いている。また同時に彼は自身のブログでネットを「砂場」のメタファーで語っているのである。(11)

彼がかつてハチとして音楽を作った場所はネットという広大な記号の集積する場である。様々な楽曲が生み出され盛り上がりはしたものの、思い返してみればそこは砂場に過ぎないのだ。かつてネットにあった礼賛・お祭りムードとは一変して、どこか寂れたニュアンスが「砂の惑星」には含まれている。そしてそれは自分の作った楽曲も例外なく砂の一部であり、そんな寂れた風景を作る一粒に過ぎないと感じているようである。

このように書くと存在の希薄さはさらに増長させられる。自分自身も砂の一粒に過ぎず、他のものと変わらない。そしてそれが集まった結果、砂漠という荒涼としたものが見えてしまうと、自分の「無意味さ」を実感させられる。この意識はやはり『YANKEE』や『Bremen』を経ても変わらないのだ。

だからこそ、この曖昧な自己、不能な自己を肯定していく。

「LOSER」という曲の歌詞で、彼は自分自身を「敗者」だと言う。「アイムアルーザー　どうせだったら遠吠えだっていいだろう」。まさにこの「敗者」の感覚は、この無意味さ／希薄さと繋がっている。自分自身はなんて弱い存在なのか。やはりそんな自己を否定するような言葉を紡いでいる。しかし、この「LOSER」はただ否定しているだけではない。さらに歌詞には、自分たちは踊ることとも見ることともせず、自意識を抱えながら端から笑っていることが書かれている。当事者性もなく、無責任にそこにいて傍観しているだけだ。だが、彼は最後には自分自身を負け犬＝敗者と否定しつつ肯定している。そして、「ただどこでもいいから遠くへ行きたいんだ」と、言うのである。「LOSER」と同じアルバムに収録された「ピースサイン」の歌詞でも自分の「弱さ」を前面に出している。「守りたいだなんて言えるほど　君が弱くはないのわかってた　それ以上に僕は弱くてさ　君が大事だったんだ」。だが、その弱さを持ちながらも、心の中で叫ぶのは「遠くへ行け」という言葉なのである。

ハチの頃や米津玄師としての活動の最初期にあった、童話的世界とは打って変わって自分自身を前面に出している。だがそれはかつての彼の自己の不在意識から出てくる、弱さ／負けという「私」なのである。しかし、それでも彼は「遠くへ行け」と言葉を紡ぐ。それは単なる前向きな言葉ではない。自己否定を繰り返した先にそれを受け止め、捻《ねじ》れながらも形成していった言葉なのだ。

■鑑賞と解釈

ところで米津玄師はタイアップを多く手がけている。タイアップとはそもそも「tie up」＝

「協力」「結びつく」という意味だが、日本では戦後、音楽の売り出し方の方法論として確立していった[12]。ドラマの主題歌や企業のCMのために制作されるタイアップの楽曲は商業主義的で芸術性に欠けてしまうと批判されることがある。それはアーティスト性を前面に出すのではなく商品を売ることが目的の楽曲であることから来るものだろう。

そのように批判されることも多いタイアップだが、米津は多く行っている。アニメであれば羽海野チカ『3月のライオン』(＝「orion」)や堀越耕平『僕のヒーローアカデミア』(＝「ピースサイン」)、五十嵐大介『海獣の子供』(＝「海の幽霊」)、藤本タツキ『チェンソーマン』(＝「KICK BACK」)、ドラマであれば『アンナチュラル』(＝「Lemon」)、『MIU404』(＝「感電」)、『リコカツ』(＝「Pale Blue」)、実写映画では『シン・ウルトラマン』(＝「M八七」)など。

もちろん、これらを商業的な戦略の一つであると捉えるのは容易だ。確かに現在の音楽業界の状況を見ていくと、タイアップは作品や商品と楽曲を売り出すためには重要なものになっている。だが、米津のタイアップはただ曲や商品を売り出すための戦略としてだけでなく、まるで彼独自の作品制作の在り方のように感じる。

米津玄師作品を見返すと、タイアップではないのに、タイアップと同様に何かしらの作品をもとにして作られたものが散見される。例えば「灰色と青」は北野武監督の映画『キッズ・リターン』をモチーフにし、「死神」は古典落語である『死神』をもとに作られた。他にも「飛燕」は宮﨑駿のマンガ『風の谷のナウシカ』、「ごめんね」はインディーゲームである『UNDERTALE』に影響を受け制作したという。もちろん、これらは先ほどのタイアップとは違い、商品の販売元や企業から頼まれて作られたいわゆる「案件」ではない。米津の中の琴線に触れた作品をもとに作られたわけだが、彼は作品を「鑑賞」し自分なりに「解釈」した先に、そこから別の創作を行うというプロセスを踏んでいることがもともと多いのだ。またゲームやマンガ、小説などの様々なコンテンツに触れていることもインタビューなどからもわかる。

何かをベースにして作品を作るというのは、作られたものの個性を殺すことになるかもしれない。なぜなら「解釈」は一度自分を括弧に入れて、そのオリジナルをもとに表現し直すことだからだ。これはある種「二次創作」とも似ている。

先にも挙げた「砂の惑星」の楽曲内では、米津は今までの有名なボカロ曲を複数、明示的に引用している箇所がある。そのことに対してある友人と喧嘩《けんか》になったとインタビューで述べた時に、続けて次のように話している。

さっき言った喧嘩の時も、『おまえだったら（自分の楽曲の一部を…引用者注）勝手に使われたら怒るだろ？』みたいなことを言われて、『そんなことで怒るわけないじゃん！』って。俺は、そうなってしまう裏っ側に、過剰なオリジナル信仰があると思うんです。で、それがすごくイヤだったんですよね。オリジナリティとか、独創性っていう言葉の使われ方に対して違和感を感じるというか。ほんとに誰も見たことがないものじゃなければ許容しないみたいな。そうやって誰も聴いたことも見たこともないようなものを突き詰めて作っていけば、最終的に辿り着くのって、もう意味がわからないものにしかならないじゃないですか。知覚不可能な、ウェーベルンのピアノみたいな、わけわかんないものにしかならないと思うんですよね。そういうのって、文脈じゃないですか。いろんな文脈、いろんな型があって。ロックだとかパンクだとかジャズだとか。その制約の中で、うちらはできるだけ自由に泳いでみようよっていうことを、一生懸命やってるわけじゃないですか。でもそういうことを把握してない人が、自分の観測上ですけど、あまりにも多くって。例えば、『芸術は学ぶものじゃない』とか。センスや感性をなんとなくありがたがる人たち。俺はいろんな音楽を聴いてきて、マンガや映画、それ以外にも友達とか、そういうものから影響を受けて、自分の中で醸造して、再構築して、出してるわけですよ。それによって俺は、ものすごく美しい音楽を作っているっていう自負はあるんですけど。とにかく過剰なオリジナル信仰に対するファックの気持ちがすごく高まってたんですよ、〝砂の惑星〟を作った後に。

（山崎洋一郎「米津玄師　最新作『BOOTLEG』のすべてを語る」「ROCKIN'ON JAPAN」二〇一七年一一月号）

確かに二次創作には著作権をめぐる問題がつきまとう。だがそもそも初音ミク、ひいてはネット文化の特徴はユーザーたちが各自で参照し合い創作し合う、N次創作性にあった。つまり誰かの作品を模倣してそれと「類似した新しいもの」（=模造品）が次々（=二次・三次……N次）と生まれるというものだ。東浩紀『動物化するポストモダン　オタクから見た日本社会』ではこのような二次創作の営みを、オリジナルとコピーの関係とは違い、データベースとシミュラークル（模造品）の関係だと指摘していた。ネットワーク上のデータベースから取り出して繋ぎ合わせること。これがネット文化の特徴としてあるのだ。米津はその方式に則って作品を作っていたのだ。そしてN次創作は自分の中の「解釈」によって作品を制作するため、「タイアップ」はこの文化と重なるものがある。米津玄師自身もそのような文化圏にいたため、既存の作品に対する「解釈」を行い作品を制作することを得意とするのであろう。そして米津の作品が「自己の不在感覚」を基底としているならば、このスタンスも理解できるものになる。自己の意識が薄弱なのであれば、他の何かを介して自己を表現していくことは理にかなっている。

■擬人化する人間

この意識によって起こるのが、本物＝オリジナルがないという在り方だ。彼の四枚目のアルバムの名前が『BOOTLEG』＝海賊版であるのは、彼の作品のルーツがそもそも模造品であるという意識があるからだろう。どこまで行っても本物ではない「偽物」なのだ。例えば「moonlight」では「本物なんて一つもない」と言う。そして、この感覚は次のアルバム『STRAY SHEEP』でも存在していく。「まちがいさがし」では「まちがいさがしの間違いの方に生まれてきたような気でいた」と表現する。

オリジナル＝本物などない。そもそも「偽物」「まちがい」なのだ。もちろん、この言葉には否定のニュアンスが含まれる。しかしそんな偽物でも／だからこそ肯定されるものがある。この逆説は、同時代的な特殊性から来るものだが、普遍性を持っている。

二次創作性と重なる彼の特徴の一つがサンプリング＆リミックスだ。米津の楽曲はパソコン上で音楽を作る打ち込みで多く作られているが、そんな打ち込みは多様な音色を重ね合わせることを可能とする。彼の楽曲を聞くと不思議な音が挟まれていることがある。例えば、よく指摘されるのが「Lemon」の楽曲内に「ウェッ」という声が挿入されていることだ[13]。それだけでなく、「パプリカ」では曲の裏に子どもたちの遊び声を入れており、「KICK BACK」では男性の叫び声や女性の笑い声が聞こえてくる。またこの「KICK BACK」に関しては平成期のヒットソングであるモーニング娘。「そうだ! We're ALIVE」の「努力　未来　A BEAUTIFUL STAR」というワンフレーズを取り入れて楽曲の要としている。

さて、前章まで現代文学を読み解き、現在起きているのは大きな物語の崩壊とテクノロジーの発展による自己の解体であり、そして現代文学の担い手たちが言葉によってどのように再構築を図っているかを見てきた。そして米津の在り方はこのアナロジーとして見ることができる。つまり、自己の不在=消滅の中でバラバラになったものを再統合するという試みと相似形だ。サンプリング&リミックスももちろんパソコンという制作ツールがもたらしたものかもしれないが、だからこそ情報化社会の中にいる現代人の自己像とリンクしていく。これが本書の最後に米津玄師を論じた理由である。

自我の希薄化という「幽霊」としての存在が実体を持つ。彼が実名で曲を作り、また自分の身体の声を通して歌い、自己言及していく。作品作りによる絶え間ない自己変革。自己否定の肯定。虚構と実体の循環構造。これらが「米津玄師」という「主体」を生み出していく。

加えるならば「米津玄師」のバラバラのものを継ぎ接ぎしていく姿勢は楽曲だけにとどまらない。曲を作り、歌詞を考えるだけでなく、彼は絵を描き、時にダンスを踊る。このマルチクリエイティブは、結果的にそうなっているかもしれないが、商業的戦略ではない。また単純な自己表現でもない。自己の喪失を引き受けざるを得ない時代の中で、絶え間ない自己の確認とその再構築をすること。批評的に見るならば彼の表現はそのような営為である。そしてこのことによって「米津玄師」を作り出していく。正しさの不在を引き受け、その中で自己の喪失を感じざるを得ない現代の中で、「米津玄師」という存在は輝きを帯びている。

現在の言葉の弱体化・届かなさは社会による主体の消失によるところである。だからこそ文学はもう一度、主体＝「私」の問題を見直す必要がある。単純に言語のみへ還元するのではなく、言葉の外に焦点をあてて考えていく必要性がある。そのため言葉を声として届ける音楽に今日の「文学」性を見ることはおかしな話ではない。そもそもメディアとともに発展していった文学はその現実から逃れることはできないはずだ。ここに小説の作家ではないアーティストの彼を扱った理由がある。

情報化は現代においてすでに環境として機能している。だからこそ、SFが描くようなサイバーパンクの世界はリアリティがある。例えば情報化の極北を描いた作品である伊藤計劃《けいかく》『ハーモニー』では人々の意思が管理システムによって互いに溶け込み自我を完全になくすような事態が描かれていた。もちろん、現実はそこまでの状況にはなっていないが、それでも類似したような状況は起きている。

「知」の在り方にも視点を移してみると、ポストモダン化と呼ばれる大きな物語の崩壊は様々なところに見て取れるものになってきた。それは学問の世界をはじめ、実際の生活空間においてもそうだ。相対主義的なものが社会の中に入り込み、常識を揺らがせる。この運動は良い面も大きい。絶え間ない懐疑によりかつての偏った常識が崩されていくことで、多くの人が自由を得ていくことは有益であろう。しかし、本書でも繰り返し述べるような過剰相対主義的状況ゆえに基盤が揺らぎ、自我を成立させるための足場が消えていっているのだ。いわば地面を知らない根無し草だ。果たしてそれは根無し草とも言えるのだろうか。

この所与としてのポストモダン化・情報化の中の新しい自我をもとに、僕たちはどう生きていくか、そしてどう主体を再構築していくかを考えなければならない。

ここまでで示したように近代的自我を形成してきたのは言葉であった。しかしそもそも言葉とは虚構性を持つものだ。近代人はそれを実体性のあるものと錯視して使っていたのではなかったか。自我は虚構によって形成されていく儚《はかな》いものだ。自我の消滅、虚構の弱体化、そして言葉の力の衰退はそれぞれが相互に関係している。それこそ、それらを起こしているテクノロジーの発展や思想的潮流を止めることはできないだろう。その中で人間は「人間」という枠組みを変更せざるを得なくなる。それが脱人間である。この流れが行き過ぎると自己の消失に繋がってしまう。

だからこそ、主体の回復、自我の再構築が必要になってくる。この一見すると近代主義的な主張は、それゆえ少しばかり古典的なものに見えるかもしれない。だが、そもそも立脚点を見出せない中で、いくら脱構築の優位性を説いても虚《むな》しさのみが残るのと同様に、人間がいない中で脱人間を推し進めてもそこには何もなくなってしまう。よく考えてみるならば、ポストモダン化とテクノロジーの進化の二つのメリットは解体と再構築の容易さである。過去から現在へと続く自己を残しながらも、縛られすぎることなく軽やかに変身させる。それを容易になす的すぎるほどだ。

ものが、虚構性を持つ「言語」なのであろう。そしてともすれば、文学は実用性に乏しいと思われているが、その実、主体形成や意思生成の本質であるため、その意味ではあまりにも実用的すぎるほどだ。

現代の主体は、かつての主体とは異なり、集団をまとめるイデオロギーのような大きな物語に支えられているものではない。だからこそ、そもそもが自己否定から始まり、そこから再構築を始めていく、弱々しい存在だ。近代という父に支えられた強い自我を持つ人間ではない。人であることを疑いながらも人であろうとする人擬き。そして解体と再構築を繰り返す。それが「新しい主体」ではないのだろうか。

虚構＝フィクションは現在の状況を戯画的に映すようなものだけでない。また単純な娯楽としてあるわけでもない。「作り手」という「私」＝「主体」を作り出すものでもある。

自我が薄れていくことを悲観する必要はない。自分の存在を肯定できなくとも、僕たちはいくらでも変わることができる。現代において文学という虚構《フィクション》の言葉は今もそのことを粘り強く語りかけている。

（1）柴那典『茶化す大人になりたくなかった』若者が米津玄師を支持する理由」二〇一七年一〇月三〇日（http://news.yahoo.co.jp/feature/798/）

（2）N次創作という言葉は評論家の濱野智史が「ニコニコ動画の生成力《ジェネレイティビティ》　メタデータが可能にする新たな創造性」（『思想地図』2、二〇〇八年）内で使用している造語である。またこの言葉は、初音ミクを開発したクリプトン・フューチャー・メディア社の代表取締役・伊藤博之も初音ミク文化の特徴を示す言葉として使っている。

（3）広田稔「音楽が会話の代わりだった　ボカロP「ハチ」19歳の心」二〇一一年二月一八日（https://ascii.jp/elem/000/000/589/589641/）

（4）「米津玄師、心論。　怪獣として育った少年が、神様に選ばれるまで。」（https://cakes.mu/posts/11823）はコンテンツ配信サイト「cakes」に掲載されていましたが、サービス終了のため本URLからは記事が参照できない状態です。

（5）森朋之「米津玄師　あの頃の自分との対話」二〇一七年六月一六日（https://natalie.mu/music/pp/yonezukenshi10）

（6）ネット上でもこのことは指摘されており、「米津玄師どこにも行けない説」として取り上げられていた。またそのことに米津玄師自身もX（旧・Twitter）で反応している。（https://X.com/hachi_08/status/901339694352416768?s=20&t=TFMAje9XpQrVwqrBu_DErw）

（7）柴那典「米津玄師　〝呪い〟を解く鍵『YANKEE』に込めた思い」音楽ナタリー　二〇一四年四月二三日（https://natalie.mu/music/pp/yonezukenshi04）

（8）米津玄師とセカイ系の関係性については、にいみなおが「米津玄師と東浩紀と三島由紀夫を結ぶ『セカイ系』という1本の線」二〇二一年六月二六日という記事の中でも指摘している。（https://kai-you.net/article/80754）

（9）東浩紀「CROSS†CHANNEL 美少女ゲームとセカイ系の交差点《クロスポイント》」（『美少女ゲームの臨界点＋1』二〇〇四年）の文章。なお、この部分は宇野常寛『ゼロ年代の想像力』、前島賢『セカイ系とは何か』でも言及されている。

（10）中田ヤスタカ×米津玄師『NANIMONO』対談「今は自分が〝普通〟だと思ってることをやりたい」Real Sound　二〇一六年一〇月一日（https://realsound.jp/2016/10/post-9508.html）

（11）米津玄師 official site「REISSUE RECORDS」内の日記「郵便受け」二〇一七年三月二一日（https://reissuerecords.net/diary/ 郵便受け/）

（12）二〇〇〇年代中盤までの日本のタイアップ音楽の歴史は速水健朗『タイアップの歌謡史』（二〇〇七年）に詳しく書かれている。

（13）音楽評論家でありボカロPでもある鮎川ぱては『東京大学「ボーカロイド音楽論」講義』でこの部分を「嘔吐」と解釈し、「音楽から疎外された声」を導入しているという解釈をしている。またミュージシャンの川谷絵《え》音《のん》はヒップホップで使用される声ネタと呼ばれる手法を使用していると述べている。

おわりに

本書は僕の実感と現代日本の状況と現代文学・文化をまとめ、現代の新しい人間像のゆくえを提示した本である。そのため現代日本の社会状況論でもあり、現代日本文学・文化概論でもあり、個人のエッセイ的な文章でもある奇妙な本になっている。ただまとめるなら、ここに書かれたものは、様々な対象と向き合い考えて書かれた文章＝「批評」と言えるだろう。

僕は国文学を勉強していたが、そちらの研究にはあまり関心が向かわず、自分が直接「いま・ここ」の問題と向き合い、自分自身が何を世の中に還元できるかを考えて特に大学院にも進むことはなかった（金銭的な余裕がなかったこともあるが）。大学在学中にありがたいことに在野での文化研究の場に参加することができ、そこで様々な知識を得ることができたのも、そのような道に進まなかった理由の一つとしてある。その後「知」を活用しながら「文学」ひいては「言葉」という今まで学んだものを社会に反映できる教職という仕事も行った。そしてそこで得られたものも非常に大きかった。

そんな中で長い間、現代における文学の意味や意義を考えていた。

文学自体必要なのか、またそのような文系的な知は必要なのか。テクノロジーが発展する中、「必要」なのはテック系を推し進めるような理系的なものだ。その恩恵は僕も実感しており、その重要性に何も言うことはない。文系不要論が囁《ささや》かれている昨今、僕自身も必ずしも文学を擁護する絶対的な立場には立てず、「不要なもの」としての認識を捨てきれなかった。

そしてそれは僕自身の存在への問いとパラレルな部分がある。自分の存在の意義は一体何なのか。「不要なもの」ではないのか。

自分が置かれている現在の状況、ある種の「生きづらさ」を今一度「文学」を通して考えることができないか。そのような問題意識をもとに、幸運なことに書く機会を得られた。

社会に目を向けると、ますます利便性も増し、より合理的な社会になってきている。例えば様々な場面で多面的で統計的なデータを簡単に取れるようになってきている。それは政治や経済の世界はもちろん、我々の暮らす日常でも同様だ。多くの事象はスマートに解決され始めている。だが、それとは裏腹にどこか「置いていかれるような感覚」を持ってしまう「私」の問題は深刻化しているように僕は思う。「はじめに」でも書いたようにこの感覚は僕だけのものではないだろう。

そして、そのような合理性とは裏腹にディストピアという言葉に象徴されているように、じわじわと何か後退しているような雰囲気が立ち込めている。どうしようもなく生きにくさを感じる部分も出てきている。本書はその現状の共有と打開を、どうにか素描できないだろうか、と考えて書いたものだ。

「文学」という「不要なもの」から、論を展開した本書は、そのこと自体「不要なもの」の「必要さ」を証明したことになるのではないかと個人的には思っている。この本の内容が様々な人に届き、僕自身の問題提起が共有できれば作者冥利に尽きる。

最後に本書ができるまでに特に関わっていただいた人たちに謝辞を。

現代文化研究会である限界研で関わっていただいた皆さん、特に僕が所属した頃からお世話になり会以外でも現在までサポートをしてくれた諸先輩方である飯田一史さん、海老原豊さん、杉田俊介さん、蔓葉信博さん、藤田直哉さん、渡邉大輔さんには文学をはじめミステリやSF、映画、サブカルチャー、そして批評に関する広範な知識を与えてもらった。また同年代では竹本竜都さん、宮本道人さんには僕自身がそれほど詳しくないゲームや科学などの新しいカルチャーについての知識を教わり、何より同じ会の学友として切磋琢磨していけたと思っている。その他にも限界研では様々な方にお世話になった。アカデミズムとは違い在野の研究会だからこそできる先端的なフィクション研究を行う場所として刺激的な場所だったと思う。運営に携わってもらった南雲堂の星野英樹さんにも同様に感謝したい。

他にもここには書ききれないほどいる僕自身の知を様々に更新してくれた友人たち、先輩、後輩また関わってくれた人たちにもお礼を言いたい。

そして企画立ち上げ時にお世話になった朝日新聞出版の池谷真吾さん、また何より本書の担当編集の四本倫子さんには長い期間をかけてお世話になった。連載時から四本さんには、優しさがありながらも、鋭い視点でアドバイスをしていただいた。心からお礼を申し上げる。

そして生活における批評者たる妻にもこの場で感謝を。

思えば僕自身が様々な人や言葉との関わりによって「人間」的なものになれていったような気がする。本書でも書いたマルチな知を得ることを僕自身も人生の中で実践していたのだろう。もちろん、それでもいまだに自身の存在に対する懐疑はある。いくら知をつけても——あるいはつけたからこそ——迷いや不安が存在していく気もする。そしてそれは誰しもが直面する問題なのだろう。

それでも僕は、僕たちは、これからも生を送り続けなくてはいけない。

どうかフィクションが、そして言葉が、様々な人たちの生を少しでも前へ向かせられるように。

今や古びた形而上学的な「祈り」を最後に添えて筆を擱《お》く。

藤井義允

初出　「小説トリッパー」二〇二〇年秋季号から二〇二一年冬季号

藤井義允（ふじい・よしのぶ）

一九九一年、東京都生まれ。中央大学文学部人文社会学科国文学専攻卒。共著に『ポストヒューマニティーズ　伊藤計劃以後のＳＦ』、『現代ミステリとは何か　二〇一〇年代の探偵作家たち』。編著に『東日本大震災後文学論』がある。本書が初の単著となる。

擬人化《ぎじんか》する人間《にんげん》——脱人間主義的文学《だつにんげんしゅぎてきぶんがく》プログラム

2024年11月30日 第１刷発行

著者　藤井義允

発行者　宇都宮健太朗

発行所　朝日新聞出版

〒104-8011 東京都中央区築地5-3-2

電話：03-5541-8832（編集）、03-5540-7793（販売）

印刷製本　中央精版印刷株式会社

Published in Japan by Asahi Shimbun Publications Inc.

ISBN978-4-02-251951-1